種馬と呼ばれた最強騎士、隣国の王女を寝取れと命じられる

三雲岳斗

illustration――マニャ子

Swords of Stallion

序章 Prologue

どうやら厄介な状況になっているらしい——


目の前に現れた女たちを眺めて、ラス・ターリオンはそう確信する。

アルギル皇国二番目の大都市、商都プロウスの歓楽街だ。

時刻はすでに真夜中に近いが、つかの間の休息を楽しむ異国の商人や傭兵(ようへい)たちで、大通りは今も賑(にぎ)わっている。

しかし道を一本外れれば、街の雰囲気はがらりと変わる。

薄暗い道にぼんやりと浮かぶ妖しげな看板。

空気に染(し)みついたような香水の匂い。

赤い灯火(ランプ)に照らされた飾り窓の中には、肌もあらわな女性たちの姿が見えた。

この先にあるのはいわゆる遊郭——皇国有数の私娼街(ししょうがい)なのである。

美しく教養のある遊女たちを取りそろえ、客の男たちへの持てなしも一流。

ソード・オブ・スタリオン
種馬と呼ばれた最強騎士、
隣国の王女を寝取れと命じられる
三雲岳斗
illustration――――マニャ子

デザイン † 木村デザイン・ラボ

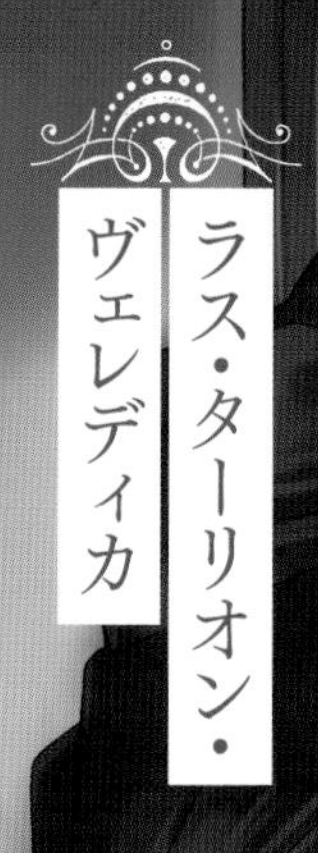
「王女を一人、
口説いて欲しい
ラス・ターリオン・
ヴェレディカ

KEY WORDS

煉術

煉気を触媒にして自然界の物質を瞬時に他の物質へと変換し、様々な現象を引き起こす特殊技能。魔術ではなく錬金術の発展系だと考えられている。

煉騎士

体内の煉気を操作して戦う人間の総称。社会的な身分や肩書きではなく単なる職種名であり、平民であっても慣習的に煉騎士と呼ばれる。

狩竜機

人類が魔獣と戦うために生み出した全高九メートル前後の人型兵器。機械仕掛けの巨大な鎧である。貴族や領主の家に代々伝わる銘入りの機体と、数打ちと呼ばれる量産機がある。

帯煉粒子

狩竜機の動力源となっている特殊な粒子。擬似煉気とも呼ばれている。生物の煉気に反応する性質があり、煉騎士や煉術師は、自らの煉気を介して狩竜機を自在に操ることができる。

ティシナ・ルーメディエン・シャルギアーナ

シャルギア王国第四王女。〝静寂の白〟の異名を持つ美少女だが、わがままで高慢な性格で知られており、国民からは〝悪役王女〟と呼ばれている。彼女の行動には、なんらかの目的があるらしいのだが……

フィアールカ・ジェーヴァ・アルゲンテア
アルギル皇国第一皇女。〝銀の花〟と称えられる美貌の持ち主だが、悪戯好きで、陰謀を巡らす腹黒な一面も。ラスとは相思相愛の関係。二年前の戦争で死亡したと言われていたが……
アリオール・レフ・アルゲンテア
アルギル皇国皇太子。フィアールカの双子の兄で、ラスとは親友だった。病身の皇帝に代わって皇国の内政面を一人で支えており、国民からの人気も高い。隣国シャルギアの王女ティシナとの縁談が進んでいる。

アリオール・レフ・
アルゲンテア

皇女フィアールカの元婚約者で、上位龍を単独で討伐する実績を持つ優秀な煉騎士。しかし皇女の死後は娼館に入り浸る自堕落な生活を続け、〝極東の種馬〟という不名誉なあだ名で呼ばれていた。
ラス・ターリオン・ヴェレディカ

しかし法外な代金をむしり取る。

まともな人間なら近寄るのをためらう物騒な通りだ。

そんな花街に足を踏み入れた瞬間、見知らぬ女の二人組が、ラスの行く手を遮るように近づいてきたのだった。


「ラス・ターリオン・ヴェレディカ卿(きょう)――だな？」

最初に口を開いたのは、背の高い黒髪の女性だった。

強い意志の力を感じさせる、凜(りん)とした眼差(まなざ)しの持ち主だ。

年齢は、まだ若い。二十二、三歳といったところか。

目立たない粗末なマント風コートを着ているが、その隙間から、手入れの行き届いた金属製の胸当てがのぞいている。

背中側の膨らみは、腰に佩(は)いた長剣のせいだろう。

ほぼ間違いなく彼女は煉騎士(れんきし)。それもかなり高貴な家柄の人間だ。

「悪いが、今夜の相手は予約済みなんだ。客引きならまた今度にしてくれるか？」

ラスは、わざと素っ気ない口調で言った。

娼婦(しょうふ)扱(あつか)いされたことに気づいた女煉騎士(おんなれんきし)が、なっ、と眉を吊(つ)り上(あ)げて気色ばむ。

しかし殺気立った視線で睨(にら)まれても、ラスは表情を変えなかった。

なにしろ怪しげなコートをまとった女が、花街の路上で男に声をかけてきたのだ。私娼と思われても文句は言えない。

それが嫌なら、彼女はそもそも、こんな場所に近づくべきではなかったのだ。

一方、彼女の背後にいたもう一人の女は、ラスの言葉を聞いてクスクスと笑い出していた。

自分の連れである堅物の女煉騎士が、ラスにからかわれたのが可笑しかったらしい。

二人目の女がまとっているのも、女煉騎士のものによく似た灰色のコートだった。

ただし目深に被ったフードのせいで、表情はよくわからない。

フードの隙間からのぞいているのは、この国ではめずらしい銀髪だ。

「我々が娼館の客引きに見えるのか？」

不快感をあらわにした口調で、黒髪の女煉騎士が訊いてくる。

彼女の言葉を、ラスは鼻先で笑った。

「それ以外の誰が、花街で男に声をかけてくるんだ？」

「好きでこんな場所にいたわけじゃない。貴公の噂を聞いて、仕方なく張り込んでいただけだ」

「……噂？」

ラスがかすかに眉を寄せた。

この商都で語られる噂話のほとんどは、ラスにとって好意的とは言い難い。むしろ圧倒的に悪評のほうが多いはずである。その噂(うわさ)を知った上で、わざわざ自分に会いに来る物好きがいたことが少し意外だったのだ。

黒髪の女煉騎士(おんなれんきし)が、しゃべり過ぎたことを恥じるように顔をしかめて黙りこむ。

彼女の代わりに口を開いたのは、フードを被(かぶ)った銀髪の女だった。

「あなたは、ちょっとした有名人のようですね、ラス・ターリオン。なんでもこの街の娼館(しょうかん)に、昼夜を問わず毎日のように入り浸っているのだとか」

「そうだな」

「おまけに娼婦(しょうふ)を口説くだけでは飽き足らず、街中の女性に手を出しまくっているとも聞きました。たとえ相手に恋人がいたり、人妻であっても見境なしに。そのせいで、ついたあだ名が、〝極東の種馬(ザ・スタリオン)〟――」

「よく調べてあるじゃないか」

ラスは素直に賞賛の言葉を口にする。

銀髪の女は、おや、と不思議そうに首を傾(かし)げた。

「否定はなさらないのですね？」

「根拠のないデタラメってわけでもないからな」

「ふむ。では、あなたがそんな自堕落な生活を送るようになったのは、二年前の紛争で恋人を亡(な)くしたのがきっかけだというのも事実なのですか？」

「——だったらなんだ？　あんたが代わりに俺を慰めてくれるのか？」

挑発的な口調でラスが訊き返す。

女は、そう言われてなぜか愉快そうに微笑んだ。

「それを報酬としてお望みならば、検討しなくもありませんが」

「報酬だと？」

「はい。仕事の報酬です」

「仕事の内容は？」

「それを説明したいのですが、このあとお時間は空いてますか？」

「言っただろ。今夜は先約がある。娼館のな」

ラスは素っ気なく首を振り、彼女たちとの会話を切り上げようとした。

「待て、ラス・ターリオン」

立ち去ろうとするラスを邪魔するように、黒髪の女煉騎士が正面に回りこむ。

「私の主が貴公と話をしたいと言っている。貴公にはこれから我々に同行してもらいたい」

「そうか。嫌だが」

ラスの返事は、相手が言い終わるよりも早かった。

まさか即座に断られるとは思っていなかったのか、女煉騎士が呆然と目を瞬く。

「……なに？」

「あんたの頼みを聞く気はないと言ったんだ。アリオールに伝えておいてくれ。俺はおまえの部下じゃない。用があるなら、そっちから会いに来い——ってな」

「っ⁉」

黒髪の女煉騎士(おんなれんきし)が息を呑(の)んで身を固くした。半ば無意識に剣の柄を握り、ラスを睨(にら)んで身構える。軽くカマをかけてみただけだったが、彼女の反応がラスの予想の正しさを証明していた。

彼女が主と呼ぶ人物の正体は、アリオール・レフ・アルゲンテア第一皇子——

この国、アルギル皇国の皇太子だ。

「なぜ私が殿下の命令で動いているとわかった……？」

「簡単な推理だよ、カナレイカ・アルアーシュ近衛連隊長殿(このえれんたいちょうどの)」

いまだ動揺を引きずる女煉騎士(おんなれんきし)に、ラスはいたずらっぽく笑いかける。

「あんたの立ち方には、要人警護を主任務にしているインペリアルガードの癖が出てる。そう。攻撃でも防御でもなく、敵の攻撃の妨害を最優先にしたその構えだ」

ラスの指摘に女煉騎士(おんなれんきし)——カナレイカ・アルアーシュが小さく肩を震わせた。

皇宮衛士(インペリアルガード)の癖という言葉に、心当たりがあったのだろう。ほんの一瞬、自分の足元に視線を落とし、舌打ちするように唇を歪(ゆが)める。

「それにあんたの剣は、南方キデア大陸の流派で使うタイプの細剣だな。キデアの剣術を使うインペリアルガード――その条件に当て嵌まるのは、アルアーシュ家のご令嬢だけだろう。アリオールが彼女を専属護衛に取り立てたって噂は、商都でも話題になってたぜ？」

「……なるほど。貴公のような人物を、殿下が評価している理由がわかった気がするよ」

感心したように息を吐きだして、カナレイカはすらりと剣を引き抜いた。灰白色の剣身を持つ優美な細剣だ。

そして彼女はその剣先を、正面にいるラスの首筋へと突きつける。

ラスは剣を構えるカナレイカを、怯えた様子もなく、ただ不快げに見返した。

「あんたの言葉と行動が、合ってないように見えるんだが？」

「そうでもない。殿下からは、力ずくでも貴公を連れてこいと命じられているからな」

カナレイカが生真面目な口調で言った。どうやら彼女は、主人の言葉を本気で額面どおりに実行するつもりでいるらしい。

「噂がたしかなら、あんたは近衛師団で最強と言われてるんじゃなかったか？」

ラスがうんざりした表情で確認する。

相手は凄腕の皇宮衛士。対するラスは、武器を持たない丸腰だ。

裏通りとはいえ、歓楽街の一角である。周囲に通行人がいないわけではない。

しかし路上で女に剣を突きつけられているラスを見ても、彼らが騒ぎ立てるようなことはなかった。むしろ面白い見世物だとばかりに、立ち止まって成り行きを見守っているだけだ。

「今さらそんな噂に怖じ気づくくらいなら、素直に殿下の依頼を受けたらどうだ？」

カナレイカはつまらなそうに首を振ると、ラスに剣を向けたままゆっくりと移動した。ラスの退路を塞ぎながら、無関係な野次馬を巻きこまないように配慮もしている。最強の皇宮衛士の名に相応しい非凡な手際だ。

だからこそ、つけいる隙がある。

通りに面した建物の壁際に追い詰められて、それでもラスは不敵に笑った。

「それよりはマシな解決策に心当たりがあってな」

「解決策だと？　残念だが、貴公に逃げ道はないぞ？」

カナレイカが苛立ったように言い返す。

ラスは首を振って自分の背後に視線を向けた。レンガ造りの分厚い壁。薄汚れた窓越しに見えるのは、酔客で賑わう酒場の店内だ。

「そいつはどうかな」

投げやりに呟くと同時に、ラスはその場でぐるりと旋回した。最初の肘打ちで建物の窓ガラスを叩き割り、そのままの勢いで酒場の店内へと転がりこむ。

ガラスの砕け散る甲高い音とともに、破片を浴びた酔客たちの悲鳴と怒号が上がった。

その光景を、カナレイカは呆然と眺めていた。

なまじ品行方正な皇宮衛士だけに、窓をぶち破って酒場に逃げこむというラスの行動に、すぐには反応できなかったのだ。

その間にラスは、酒場の奥へと移動している。混乱した酔客たちが目眩ましになって、カナレイカはラスの姿を見失っているはずだ。

「またあんたかい、ラス！　いったい何度目だと思ってるんだい⁉」

代わりにラスを怒鳴りつけたのは、恰幅のいい酒場の女主人だった。

「悪いな。修理代はフォンの店につけておいてくれ」

行きつけの娼館の名前を出しながら、ラスは女主人に謝罪する。ラスは前にも何度か、この店で騒ぎを起こしていた。もちろん女性絡みのトラブルだ。

「よお、種馬。今度の女は煉騎士か？　いったいなにをやらかしたんだ？」

「おまえなんかさっさと斬られちまえ！　いや、爆発しろ！」

見覚えのある酔客たちが、ラスに暴言を投げかけてくる。

この街では、ラスは悪い意味の有名人だ。ラスを本気で恨んでいる相手には事欠かないし、そうでなくとも女にモテるというだけで敵視されることも少なくない。この程度の罵倒や嫌がらせは日常茶飯事なのだ。

「うるせえ、邪魔すんな」

逃走を妨害しようとする酔客数人を殴り飛ばして、ラスは裏口から店の外に出た。

カナレイカが追ってくる気配はない。彼女は今もラスを見失ったままらしい。このまま闇に紛れて裏路地を抜ければ、その先にあるのは迷路のように入り組んだ住宅街だ。そこまでたどり着けば、カナレイカに追いつかれることはない。

彼女から逃げ切ったことを確信して、ラスは薄く笑みを浮かべた。

ラスの頭上を眩い輝きが照らしたのは、その直後だ。

「なに……!?」

青白い輝きの正体は、直径一メートルを超える巨大な火球だった。

それは砲弾のように弧を描いて飛来し、ラスの眼前で地面に激突。爆発的に燃え広がって、狭い街路を覆い尽くす。

肌を焼くような熱波とともに、つんとした灯油の刺激臭が鼻を突いた。

第六等級の中位煉術【炎爆】。大気中の水分と二酸化炭素を触媒に、高温の炎を煉成した術者がどこかにいるのだ。

「こんな街中で煉術だと……!?」

ラスは足を止めて、火球が飛来した方角を振り返る。

今しがたラスが通り抜けてきた酒場の屋根の上に、フードを被った女性の姿があった。カナレイカと一緒にいた銀髪の女だ。

「俺の動きを読んだのか？　あの銀髪、何者だ……？」

ラスが困惑に目を細めた。

厄介なのは、彼女が煉術を使ったことではない。営業中の酒場を逃走経路として利用するというラスの奇策を瞬時に見破り、先回りした洞察力だ。

強力な煉術の炎は、ラスの逃走経路を遮るだけでなく、ラスの居場所を彼女の仲間に伝える役割も果たしていた。異変に気づいたカナレイカが酒場を飛び出し、路上で立ち尽くすラスに追いついてくる。

「見つけたぞ、ラス・ターリオン！　今度は逃がさん！」

黒髪の女煉騎士が、殺気立った表情で細剣を構えた。

ラスは振り返って溜息をつく。事を荒立てずに彼女たちから逃げ切るというラスの目標は、どうやら達成不可能らしい。

「いろいろと問題になりそうだから、皇宮衛士を傷つけたくはなかったんだがな」

「……面白い。私に傷を負わせられるというのなら、やってみせろ！」

気怠げに息を吐くラスに向かって、カナレイカが猛々しく吼えた。

彼女が握る細剣の刃に、赤い血管のような紋様が浮かび上がる。カナレイカが流しこんだ煉気によって、彼女の剣が励起状態になったのだ。

煉騎士が操る石剣は、鋼鉄よりも強靱な魔獣の外皮すら貫通する。

一方で切断面が滑らかなため、治療が容易で傷の治りも早い。

どうやらカナレイカはラスを捕らえるため、手脚の一本でも斬り落とすことにしたらしい。

妥当な判断だといえるだろう。相手がラスでなければ、だが。

「だから、そういう面倒なのには関わりたくないんだって——」

ラスは両腕をだらりと下げたまま、無造作にカナレイカとの間合いを詰めた。

完全に相手の不意を衝いた攻撃だが、カナレイカの反応は速かった。

石畳を蹴った黒髪の女煉騎士が、信じられないほどの速度でラスに斬りかかる。

しかし彼女の攻撃が、ラスの肉体に届くことはなかった。

閃光の速度で突き出された刃を、ラスが素手で挟みこむように受け止める。

左の掌と右の拳。

甲高い音を残して砕け散ったのは、挟まれた細剣の刃だった。

「は……⁉」

カナレイカの口から間抜けな声が漏れた。鋼鉄すら断ち切る励起状態の石剣が、こんなにも容易く砕けるなど、あってはならないことだからだ。

「馬鹿な……素手で私の剣を折っただと……⁉」

「悪いな、近衛連隊長殿。弁償はしないぜ。正当防衛だ」

放心したように固まるカナレイカの隣を、ラスは軽口を叩いてすり抜ける。

だが、そのまま裏路地へと逃げこもうとしたところで、ラスは困惑したように足を止めた。

フードを被った銀髪の女が、ラスを待ち受けるように立っていたからだ。

「カナレイカでも、やはり君を止められなかったね」

笑い含みの中性的な口調で、女が告げた。

近衛師団最強と噂されるカナレイカ・アルアーシュの敗北を目の当たりにしても、彼女が動揺している気配はない。むしろそれすらも予測して、彼女はラスに先回りしたのだ。

「……誰だ、おまえは？」

ラスが表情を険しくした。銀髪の女の雰囲気や口調が、さっきまでとは少し変わっている。おそらくこちらが、彼女の本来の姿なのだろう。

その変化にラスが戸惑ったのは、今の彼女の口調になぜか懐かしい印象を受けたからだ。

「私の素性が気になるなら、確かめてみるかい？」

女が微笑みながら剣を抜いた。彼女も煉騎士だったのか、とラスは意外に思う。

たしかに煉術使いだからといって、剣が使えないとは限らない。実際、励起した石剣の輝きを見ても、彼女が相当な使い手であることはうかがい知れた。

しかし彼女にカナレイカほどの実力があるとは思えない。思わせぶりに被ったフードを剝ぎ取るくらいのことは、ラスにとってたいした手間ではなかった。

彼女の素性に興味があったし、なによりもその挑発的な態度が気に障る。

「痛い思いをしても、あとで文句は言うなよ？」

「痛い目に遭うのは、きみのほうかも知れないよ？」

「言ってろ……！」

ラスは苦笑しながら軽く足を踏み出した。

銀髪の女が剣を振る。

剣筋は予想よりも遥(はる)かに鋭い。だが、ラスを負傷させるつもりはないのか、峰打ちだ。そのせいで本来の精度が出ていない。ラスは易々(やすやす)と攻撃をかいくぐり、半ば布地を引き裂くようにして、彼女のフードをすれ違いざまに引き剝がす。

闇の中に銀色の光が散った。

こぼれた長い銀髪が、月光を浴びて雪原のような輝きを放っていた。

菫色(すみれいろ)の大きな瞳が、振り向いたラスを見返してくる。

その瞳の輝きに、ラスは目を奪われた。

フードの下から現れたのは、天使を思わせる精緻な美貌だ。

しかしラスが動きを止めたのは、彼女の容姿に見とれたせいではなかった。

ラスは単純に驚いていたのだ。彼女の顔を、ラスはよく知っていたからだ。

「——殿下！」

剣を折られた動揺から立ち直り、ラスを追いかけてきたカナレイカが叫んだ。菫色(すみれいろ)の瞳の女を、皇宮衛士(インペリアルガード)が殿下と呼んだのだ。

だがそれは、絶対にあり得ないことだった。

「殿下……だと？」

ラスが掠れた声で言う。

思考が混乱して言葉にならない。銀髪と菫色の瞳を持つ、美貌の皇女殿下。そんな人物は、この皇国には存在しない。

なぜなら彼女は、すでに死んでいるからだ。二年前のあの紛争で。

「ようやく捕まえたよ、ラス」

戸惑うラスの胸元に、菫色の瞳の女がそっと触れた。

美しく微笑む彼女の手の中で、煉気が膨れ上がる気配がする。煉術の発動する兆候。第三等級の下位煉術【雷撃】だ。静電気から煉成した高圧電流をまともに浴びて、ラスはその場に崩れ落ちる。

「フィー……どうして……」

闇に呑まれていく意識の中で、ラスは弱々しく呟いた。

そんなラスを見下ろしながら、死んだはずの皇女フィアールカ・ジェーヴァ・アルゲンテアは、静かに微笑んでいたのだった。

第一章 種馬騎士、隣国の王女を寝取れと命じられる

1

ひどい悪夢を見ている気がした。

鮮血と死臭に満ちた密林の記憶だ。

夕刻になって降り出した激しい雨が、煤(すす)けた装甲板を濡(ぬ)らしている。

ダナキル大陸の西端。橙海(とうかい)に面した密林の奥に、鋼の巨人がうずくまるように倒れている。

狩竜兵装(シャスール・ダシエ)——

凶暴な魔獣に抗(あらが)うために人類に与えられた人型兵器。全高九メートルにも達する機械人形だ。

だが、その巨体は激しく傷ついて、流れ出した循環液が全身を赤く染めていた。

深々と斬り裂かれた機体胸部からは、内部の骨格と操縦席が剝(む)き出(だ)しになってしまっている。

操縦席にいるのは若い煉騎士(れんきし)だ。

歳はせいぜい十七、八か。

引き締まった鋼のような肉体とは裏腹に、顔立ちにはまだ幼さを残している。

乗機と同じく、彼の全身も傷だらけだった。

かろうじて致命傷は避けているが、出血が酷い。意識があるのが、不思議なほどだ。

それでも煉騎士の少年は操縦席から這い出し、焦燥と怒りに満ちた瞳で正面を睨みつける。

彼の視線の先にいたのは、巨大な影。

優に全長二十メートルに達する超大型の魔獣だった。

砲撃にも耐える珪素質の鱗と、鋼鉄を引き裂く鋭利な爪。強靭な翼は巨体を高速で飛翔させ、戦鎚のごとき尾は城壁すら容易く打ち砕く。

それは地上で最強の生物。魔獣たちの絶対王。龍種。それも上位龍だ。


だが、その龍はすでに死んでいた。


折れた巨大な石剣が、龍の胸元へと深々と喰いこんでいる。

龍の心臓に剣を突き立てたのは、少年が操る狩竜機だ。

彼の乗機は、龍と相打ちになったのだ。

本来ならば上位龍は、狩竜機一機で倒せる魔獣ではない。軍の大部隊を投入して、それでもどうにか追い払えるかどうか、という相手なのだ。

それをたった一人で倒したとなれば、英雄と呼ばれるにふさわしい偉業である。

にもかかわらず少年は、不安と焦りに表情を歪めていた。


「フィー……ッ……！」


動かない狩竜機を置き去りにして、彼は傷だらけの身体で歩き出す。

密林の中には、そこかしこに狩竜機の残骸が転がっていた。

上位龍に倒されたものだけではない。倒れている機体のほとんどは、ほかの狩竜機によって破壊されている。この密林は、狩竜機同士が激突する戦場だったのだ。

しかし龍種の乱入によって、戦場の様相は激変した。

上位龍の圧倒的な暴力は、敵も味方もなく、その場のすべてを無慈悲に破壊し尽くしたのだ。

少年の操るたった一機の狩竜機が、その上位龍を討ち果たすまで。

「どこだ、フィー！　返事をしてくれ！　フィアールカ――！」

薙ぎ倒された樹木の隙間を縫うようにして、少年は、そこにいるはずの狩竜機を捜し続ける。

無惨な戦場跡を彷徨い続けて、目的の機体はようやく見つかった。

狩竜機同士の激戦の中心付近にいたのだろう。その機体の周囲には、無数の巨人の残骸が、敵味方入り乱れて屍（しかばね）のように散らばっていた。

そして互いを庇（かば）い合（あ）うような姿で、二機の狩竜機（シャスール）が倒れている。

一機は美しい菫色（すみれいろ）の機体。

もう一機は蒼穹（そうきゅう）を思わせる深い青の機体だ。

しかし菫色（すみれいろ）の狩竜機（シャスール）は、原形を留（とど）めぬほどに破壊し尽くされ、青の機体もまた胸部に深傷を負っていた。

少年の頬が絶望に歪（ゆが）んだ。踏み出す足が激しく震えた。

降り続く雨が勢いを増し、倒れた巨人たちの輪郭（シルエット）が白く煙る。

そして少年は、それを見た。

菫色（すみれいろ）の狩猟機（シャスール）の残骸の下。鮮血にまみれた長い銀髪を。

ひしゃげた操縦席の中で無惨（むざん）に引き裂かれた、かつて恋人と呼んだ少女の骸（むくろ）を——

2

暗い湖底から水面へと投げ出されるように、覚醒は唐突に訪れた。

目覚めの気分は最悪だった。

全身の筋肉が鉛に変わったように凝り固まっているし、激しい倦怠感（けんたいかん）と吐き気が交互に襲ってくる。煉術（れんじゅつ）によって無理やり意識を奪われた後遺症だろう。

悪夢を見たのも、おそらくそれが原因だ。


「お目覚めですか、ターリオン様」

ラスが瞼（まぶた）を開けると同時に、誰かに声をかけられた。

抑揚の乏しい冷ややかな声だ。

侍女の制服を着た小柄な娘が、ベッドの隣に立ってラスを見下ろしている。

ラスの知らない顔だった。

「きみは？」

ラスは上体を起こして周囲を見回す。

広くはないが、やけに上等な部屋だった。ベッドは清潔で、置かれている家具や調度も風格のにじむ高級品ばかりだ。

「シシュカ・クラミナと申します。皇宮内の居館（パラス）にて、皇太子付きの侍女をしております」

侍女服の娘が、表情を変えないまま慇懃（いんぎん）に一礼する。

彼女の言葉に、ラスは驚いて眉を吊（つ）り上（あ）げた。

「皇宮だと……？　俺は昨晩まで商都(プロウス)にいたんだぞ？」

「はい。カナレイカ様が昨夜遅くに狩竜機(シャスール)で帰還された際に、ターリオン様を伴ってこられたとうかがっております」

「狩竜機(シャスール)で皇都に乗りこんだのか……」

ラスは呆(あき)れたように息を吐きだした。

商都プロウスはアルギル皇国最大の港湾都市。貿易立国である皇国の流通と経済の中心地だ。対する皇都ヴィフ・アルジェは、皇帝の居城を中心とした皇国の首都。都市の規模としてはプロウスよりも遥(はる)かに小さいが、そのぶん皇都の警備は厳重である。

皇宮衛士(インペリアルガード)のカナレイカといえども、皇帝の許可なく、狩竜機(シャスール)で皇都に乗りつけることなどできるはずもない。

つまりラスを皇宮へと呼びつけた目的に、皇帝自身も関与しているということだ。

「お目覚めになられたばかりで申し訳ありませんが、湯浴みの支度ができております。それが終わられましたら、お召し替えを。皇帝陛下がお会いになるそうです」

シシュカが淡々とした口調で告げた。

ラスは思わず天を仰ぐ。

煉術(れんじゅつ)で意識を奪われている間に皇宮内へと運びこまれ、皇帝との謁見の手筈(てはず)まで整えられていたのだ。いくらラスでも、この状況で逃げ出すわけにはいかない。最悪の場合は、不敬罪、あるいは反逆罪で監獄送りだ。

「湯浴みのお手伝いは必要でしょうか？」

寝室の隣にある扉を指さして、シシュカが確認する。

なんとも豪勢なことに、この客室には入浴設備まで設えられているらしい。

「要らないよ。浴室の使い方だけ教えてくれればいい」

「承知しました」

浴室に通じる扉を開けて、シシュカがテキパキと入浴の支度を始めた。さすがに皇宮務めの侍女だけあって手際がいい。

しかし皇帝への謁見を控えた客の面倒を見る侍女が、シシュカ一人きりというのは、いかに彼女が有能とはいえ少し奇妙な印象を受けた。

「この部屋にいるのは？　きみ一人か？」

「ほかの侍女たちは、本来の持ち場に帰しました。皆、ターリオン様に怯えておりましたので」

シシュカが初めて気まずそうに目を伏せた。

「怯える？　なぜだ？」

「〝極東の種馬〟の勇名は、皇都でも知られていますから。うっかりターリオン様と接触して、赤子を身籠るのではないかと不安になっているようです」

「噂に悪意がありすぎるだろ……」

　ラスが顔をしかめて嘆息する。

　接触しただけで女性を妊娠させるとは、まるで妖怪のような扱いだ。皇都に噂が伝わってくる過程で、ラスの悪評が盛られまくっているらしい。

「きみは俺が恐くないのか？」

　ラスは、ふと気になってシシュカに訊いた。

　ほかの侍女たちが恐れて近づかない相手に、なぜシシュカは平然と接することができるのかと不思議に思ったのだ。

「私は、貴族とは名ばかりの貧乏男爵家の娘ですから」

　シシュカが自嘲まじりの笑みを浮かべて説明する。

「私が皇宮内で辱めを受けて自害したとなれば、両親はむしろ喜ぶでしょう。金銭できちんと償いをすると、皇太子殿下が約束してくださいましたから」

「そうか。たいした覚悟だよ」

　ラスは精いっぱいの皮肉をこめて呟き、やれやれと深い溜息をついた。

　どうやら事態はラスの思惑を超えて、面倒な状況になっているらしかった。

3

シシュカがラスのために用意した着替えは、極東騎兵師団の礼装だった。

アルギル皇国の東の果て、極東伯領はラスの出身地だ。

そして書類の上ではラスは今でも、東の国境防衛を担う極東伯軍の一員ということになっている。ラスの実の父親にして極東の領主である人物――ヴェレディカ極東伯が、そうなるように仕組んだからだ。

親の愛情などという上等な理由からではない。隣国との戦になったときに備えて、一人でも多くの煉騎士を手元に置いておくためである。

そんな物騒な理由でラスに与えられた礼装が、極東伯領から遠く離れたこの皇宮に、なぜか用意されている。その事実に、ラスは警戒心を抱かずにはいられない。

「世話になったな、シシュカ・クラミナ」

「勿体ないお言葉です。行ってらっしゃいませ、ターリオン様」

礼装への着替えを終えたラスを、シシュカは深々と頭を下げて送り出した。

愛想はないが、肝の据わった有能な娘だ。さすが皇太子付きの侍女というだけのことはある。

ラスが皇帝への謁見を拒否して逃げ出せば、彼女が責任を問われることになるのだろう。それがわかっているから、ラスは大人しく謁見に臨むしかない。

アリオールは、そうなることを見越してシシュカ一人にラスの世話を任せたのだ。女に甘いラスの性格を利用した、計算高いやり口だ。

ラスの知る皇太子アリオールは、そういう細かな駆け引きを得意とする人間ではなかった。おそらくそれはカナレイカも同じだ。

ラスを利用するために、彼らの背後で策略を巡らせている人間がいるのだ。

真っ先に思い浮かんだのは、カナレイカと一緒にいた銀髪の女性のことだった。

二年前に死んだ皇女フィアールカと同じ、菫色(すみれいろ)の瞳を持つ女だ。

彼女が、フィアールカそっくりに化けていた理由はわかっていた。ラスを動揺させるためには、それがもっとも効果的だからだ。

事実、戦闘中に心を乱したラスは、あっさりと彼女に隙を突かれて捕まった。

不愉快な話だが、それはいい。あんな杜撰(ずさん)な変装で、ラスを騙(だま)せるのは一度きり。何度も使えるような手ではないからだ。

しかし、彼女の正体は気になった。そして彼女ほどの策略家を手に入れた皇太子が、今さらラスを皇宮に呼び寄せて依頼したいという仕事の内容も——

そんなことを考えながら、ラスは皇宮内の控えの間へと向かった。

皇帝との謁見を許された者が、待機しておく部屋である。

部屋に通じる回廊の途中で、数人の男たちとすれ違う。

皇宮に仕官している宮廷貴族たちだ。

「極東の種馬か……よくもまあ、おめおめと皇宮に顔を出せたものだな」

「商都の娼婦だけでは物足りず、皇都の女を喰い荒らしに来たんですかな」

「アリオール殿下にも困ったものですな。いくら士官学校時代のご学友とはいえ、あのようなペテン師を皇宮に招き入れるとは」

貴族の男たちが、わざとらしい口調で陰口を叩く。あえてラスに聞かせているのだろう。ラスが文句を言ったところで、彼らがラスを中傷していたという証拠はなにも残っていない。むしろ騒ぎを起こしたラスの立場が悪くなるだけだ。

もっともラスは彼らの罵倒になんの痛痒も感じていない。その程度の悪口には慣れているし、そもそもラスは望んで皇宮に来たわけではないからだ。

一方でそんな貴族たちの態度に、素直に腹を立てる者もいた。


「——反論しないのですか、ターリオン卿」


控えの間の前で待ち構えていた女性が、ラスを咎めるように声をかけてきた。

ラスにとっては意外な人物。黒髪の近衛連隊長だ。

「カナレイカ・アルアーシュ……？」

「なぜ言われっぱなしになっているのです。あのような悪評を放置してよいのですか？」

訝るラスに詰め寄りながら、カナレイカが抗議する。ラスをこき下ろした宮廷貴族たちに対して、なぜか彼女は憤りを覚えているらしい。

「どうしたんだ、アルアーシュ卿？　昨日とはずいぶん態度が違うな」

ラスは困惑しながら訊き返す。昨晩までのカナレイカは、むしろラスを中傷する側の人間だったはずである。

それについては自覚があるのか、カナレイカは気まずげな表情になって目を伏せた。

「あなたに関する報告書を読みました」

「報告書？」

「殿下は以前から、あなたの行動を監視していたようです。ヴェレディカ極東伯と協力して」

「……なるほど。それで？」

「貴公が口説き落としたと街で噂されている女性たち――彼女たちは様々な問題を抱えていたそうですね。家庭内暴力の被害者であったり、横暴な雇い主の下で奴隷のような労働を強制されていたり、あるいは犯罪組織の幹部の愛人として組織の会計業務を任されていたり」

カナレイカが生真面目な口調で説明する。

ラスは黙って顔をしかめた。カナレイカが口にした女性たちには、たしかに心当たりがある。

ラスが監視されていたという彼女の言葉は事実らしい。

「あなたは女性たちを解放しただけでなく、結果的に犯罪者たちの粛正も行っている。しかも、それを人々に知られることなく、ひっそりと」

「べつに好きでやってるわけじゃない。借金のカタに、そういう仕事を受けただけだ。娼館のツケがたまっていたからな」

ラスはぞんざいな口調で言った。

カナレイカはそれを聞いて、むしろ我が意を得たりとばかりに勢いよくうなずく。

「あなたが入り浸っていたという、娼館のこともわかっています。娼館のオーナーはフォン・シジェル――〝黒の剣聖〟ですね。あなたは娼館通いをしていると見せかけて、剣聖の指導を受けておられたのですね」

「そうは言っても、娼館は娼館だしな……」

鼻息も荒く身を乗り出すカナレイカに圧倒されながら、ラスはますます渋面になる。

黒の剣聖フォン・シジェルは、このダナキル大陸に四人しかいない剣聖の一人。大陸全土に名を轟かせる、最強クラスの煉気使いだ。

実年齢は五十歳を超えているはずだが、見た目はせいぜい二十歳を過ぎたばかりにしか見えない。まさしく人の姿をした怪物。人智を超越した化け物である。

そんな彼女が皇国に住み着いたのは二十数年前。砂龍との戦いに挑んだ若き日のアルギル皇帝の窮地を救ったことがきっかけだったという。

　そして砂龍討伐から生還し、なんでも望む褒美を取らせると告げた皇帝にフォンが要求したのが、皇国内における娼館の営業許可だった。

　以来、フォンは高級娼館の女主人として、商都の繁華街で悠々自適の生活を続けている。

　ラスはわけあって二年前、そんな彼女に、弟子として半ば無理やりに引き取られたのだ。

「いえ。謙遜は結構です。素手で叩き折られた我が愛剣が、貴公の実力を示すなによりの証拠」

　腰に佩いた細剣の柄に手を触れて、カナレイカは一方的に決めつけた。そして彼女はラスに向かって、首を差し出すように深々と頭を下げる。

「……おい、アルアーシュ卿？」

「カナレイカとお呼びください、ターリオン卿」

　戸惑うラスに向かって、黒髪の女煉騎士が告げた。

　最強の皇宮衛士と呼ばれるカナレイカが、〝極東の種馬〟に頭を下げている。そんな異常な事態に気づいて、周囲にいた侍女や官僚たちがどよめき始める。

「昨夜の私の非礼をお詫びします。よもや黒の剣聖の高弟に剣を向けるとは。この不始末、いかようにも――」

「わかった。わかったから顔を上げてくれ、カナレイカ」

ラスはうんざりしながら懇願した。

化粧っ気こそ乏しいものの、カナレイカは美人でスタイルもいい。

おまけに皇太子の護衛に選ばれるくらいだから恋愛方面は間違いなく潔癖——というよりも経験皆無だろう。

そんな彼女と、たらしで知られた〝極東の種馬〟の組み合わせは、確実に人々の興味を惹きつける。

迂闊な行動をすれば、その話題はたちまち皇宮中に広まるだろう。皇帝との謁見を前にして、皇宮衛士にまで手を出したという不名誉な噂を立てられたら敵わない。

「俺を信用してもらえるのはありがたいが、少し極端過ぎるだろ。変な男に騙されないように気をつけたほうがいいぞ」

ようやく姿勢を正したカナレイカに、ラスは疲れた口調で警告する。

カナレイカは、不満そうに小さく唇を尖らせて首を振った。

「報告書を読んだからというだけの理由で、あなたへの評価を改めたわけではありません」

「ほかに評価が上がるような要素がなにかあったか？」

ラスが疑わしげな視線をカナレイカに向けた。

黒髪の女煉騎士は、力強く微笑んで首肯する。

「殿下があなたを信じておられますから。あなたならば、我々を窮地から救えると」

「……我々？　きみと皇太子のことか？」

ラスは、カナレイカの勿体ぶった言い回しに違和感を覚えて訊き返す。

カナレイカはゆっくりと首を振り、真剣な眼差しでラスを見た。

そして彼女は、かろうじてラスにだけ聞こえる小声できっぱりと言い切った。

「いいえ。窮地にあるのはこの国——アルギル皇国そのものです」

4

控えの間でしばらく待たされたあと、カナレイカの案内で、ラスは謁見の間へと移動した。

厳かな空気に満ちた天井の高い広間には、すでに数人の大臣と護衛の兵士たちが控えている。

そして壇上には三人の男の姿があった。

中央の玉座に座っているのはアルギル皇帝——ウラガン・グリーヴァ・アルゲンテアⅢ世だ。

先帝の死後、分裂気味だった国内の勢力をまとめて、皇家の権威を高めた有能な君主。国民からの人気も高い。

しかし過去に戦場で負った傷が原因で、彼は身体を病に蝕まれていた。

ラスが二年ぶりに見た皇帝の姿は、かつてよりも明らかに痩せ衰えている。

周囲を圧倒する覇気は今も健在だが、彼が人前に姿を現す機会は、以前よりもずいぶん減ったと噂(うわさ)されていた。

そんな皇帝の傍(かたわ)らに立っているのは、見事な白髪が印象的な長身の老人だった。

皇国宰相ダブロタ・アルアーシュ。先帝の代から皇宮を支え続けた、皇国の頭脳と呼ばれる人物。すべての官僚たちの頂点に立つ男だ。

そして最後の一人——ラスをこの場に呼びつけた黒幕は、皇帝の左側に座っていた。

特徴的な漆黒の仮面(マスク)で、顔の下半分を隠した青年である。

皇太子アリオール・レフ・アルゲンテア。

彼は、謁見の間に現れたラスを見て、蒼玉色(サファイアいろ)の瞳を満足げに細めた。

ラスは気づかれないように溜息(ためいき)を洩(も)らし、彼らの前で膝を突く。

隣にいた宰相が皇帝にラスの名を耳打ちし、それを聞いた皇帝が重々しくうなずいた。

「ヴェレディカ極東伯の子、ラス・ターリオン・ヴェレディカだな？」

「御意」

皇帝に呼びかけられて、ラスは顔を伏せたまま首肯した。

大臣や兵士たちが動揺する気配が、背後からかすかに伝わってくる。

いくら極東伯の息子とはいえ、ラス自身は辺境軍に所属する一介の煉騎士(れんきし)だ。皇帝が直々に呼びかけるなど、普通ならあり得ることではない。

名誉なことには違いないが、ラスは余計に警戒心を強めた。より大きな厄介事の前兆としか思えなかったからだ。

「二年前のユウラ紛争における、汝(なんじ)の働きは聞いている。上位龍〝キハ・ゼンリ〟を討伐し、皇国軍を勝利に導いたのは汝(なんじ)の功績であると」

「……勿体(もったい)ないお言葉です」

反論したい気持ちを圧(お)し殺(ころ)して、ラスは無難な言葉を返す。

二年前。パダイン都市連合国家とアルギル皇国の国境紛争。その戦闘の中でラスが上位龍を殺したのは事実だ。だがそれは、皇国軍を勝たせるためではなかった。

なぜならラスが龍を倒したときには、すべてがもう終わっていたからだ。

本当の意味で敵軍を殲滅(せんめつ)し、皇国軍の勝利を引き寄せたのは龍だった。

正確には、龍を利用した作戦を立案した人物というべきか。

敗色濃厚だった皇国軍を救うため、上位龍を戦場におびき寄せ、囮(おとり)になった味方もろとも敵の本体を襲撃させる。

そのためには自国の皇女すら、敵軍を引きつける餌として利用する。

そんな冷酷な作戦を立案し、実行に移した人間がいたのだ。

それは、ほかならぬ皇女フィアールカ本人である。

彼女の作戦を知って戦場に駆けつけたラスが見たのは、敵も味方もなく、ただ一方的に蹂(じゅう)躙(りん)された無数の狩龍機(シャスール)の残骸。そしてなおも荒れ狂い、逃げ惑う負傷者たちを襲い続ける巨大な龍の姿だった。

だからラスは龍を殺した。戦場のどこかにいるフィアールカを救うためだけに。

だが、遅かった。ラスは間に合わなかったのだ。

龍が皇女を殺し、その龍をラスが討った。ただ、それだけのこと。

それが二年前の戦いの真実だ。

「汝(なんじ)の龍殺しの功績、本来ならば国を挙げて賞賛すべきこと。それが叶(かな)わなかった状況を心苦しく思う。許せ」

「承知しております、陛下」

建前だけの皇帝の言葉に、ラスは無意味な相槌(あいづち)を打つ。

上位龍の討伐は快挙だが、皇国軍の被害は甚大(じんだい)で、皇女の死の衝撃はあまりにも大きかった。

龍殺しの名誉が称(たた)えられることはなく、むしろ皇女を守り切れなかったとして、世間ではラスを咎(とが)める声のほうが遥(はる)かに大きかった。

そして誰よりもラス自身が、フィアールカの死に憔悴(しょうすい)していた。皇女フィアールカはラスの幼なじみであり、学院時代の友人であり、そして周囲にも認められた婚約者だったからだ。

結果的にラスは論功行賞を待たずに中央統合軍(セントラル)を辞め、そのまま行方をくらました。

だが、それがなくても、ラスの戦功が公に顕彰(けんしょう)されることはなかっただろう。

ラスは、それでも構わなかった。

皇家にとってもフィアールカの死の真相は、蒸し返したい出来事ではないはずだ。

にもかかわらず、皇帝は今頃になってラスを皇都に呼び寄せ、皇帝自ら功績を認めるような発言を始めた。そのことにラスは困惑した。皇帝の真意がつかめない。

「機を逸した感は否めぬが、汝に報賞を取らす。ラス・ターリオン・ヴェレディカ——皇国に伝わる狩竜兵装〝ヴィルドジャルタ〟を与える。存分に乗りこなせ」

「ありがたき幸せ」

ラスは、かすかに安堵しながら深々と頭を垂れる。

龍を討伐した煉騎士に、皇帝が銘入りの狩竜機を下賜するのは、古くからの慣例のようなものだった。

誇らしくはあるが、利益にはならない。

人々の妬みを買うようなこともないだろう。

賜った狩竜機の維持費を考えると頭が痛いが、下手に出世して面倒な仕事を押しつけられるよりは遥かにマシだ。

この場に居合わせていた大臣たちも、妥当な決着に胸を撫で下ろしている。

しかし彼らの表情は、皇帝が続けて口にした言葉によって引き攣った。

「また、汝には本日をもって銀の護り手の地位を与え、皇太子アリオールの補佐に任命する」

「は……？」

ラスは思わず声を漏らす。

不敬と責められても仕方のない行動だったが、ラスの行為を咎める者はいなかった。なぜなら、皇族と宰相を除くその場にいた全員が、驚愕に言葉をなくしていたからだ。

銀の護り手——すなわち〝筆頭皇宮衛士〟は表向き、軍の指揮権を持たないお飾りの名誉職とされている。

しかしその肩書きが持つ権限は絶大だ。

なにしろ筆頭皇宮衛士とは、皇国最強兵士の代名詞でもあるからだ。

皇宮内の序列においては、宰相と同格。中央統合軍を含めた全方面軍に対する監査の権限を持ち、非常時には皇族の代理人として振る舞うことも許されている。

通常、筆頭皇宮衛士に任命されるのは、皇宮衛士の師団長か、中央統合軍の将官クラス。それも経験を積んだ熟練の煉騎士であるはずだった。

ラスのような皇宮衛士ですらない若造が、いきなりその地位に就くことなど、本来なら決してあり得ないことだ。たとえラスが上位龍殺しの煉騎士であってもだ。

「以後のことはアリオールに一任する。以上だ、ターリオン卿。退出せよ」

ラスたちが動揺から立ち直るより先に、宰相が謁見の終了を宣言した。

そのせいで謁見の間にいた大臣たちも、皇帝の真意を問い質す機会を失ってしまう。

案内役のカナレイカに急き立てられるようにして、ラスは謁見の間を後にする。

　こうしてラスは、なにひとつ状況がわからないまま、皇国最強兵士の肩書きを押しつけられたのだった。

5

　どういうことだ、とラスは声を出さずに独りごちる。

　フリーの傭兵として暮らしていたラスが、商都の花街を歩いていたのは昨晩のことだ。

　しかしそれから半日あまりで、ラスの置かれている状況は激変した。

　拉致同然に皇都に連れこまれ、皇帝に謁見し、さらには筆頭皇宮衛士の肩書きを押しつけられた。

　いったいなぜこんなことになっているのか、ラスにはなにもわからない。

　唯一明らかになっているのは、この状況を仕組んだのが、皇太子アリオールだということだ。

　そして彼の手足となって動いているのが、皇宮近衛師団の連隊長カナレイカ・アルアーシュである。

「なにを企んでいるのか、そろそろ聞かせてもらおうか？」

　控えの間から出たラスは、周囲に人の気配がないことを確認してカナレイカに問いかけた。

　その目が胡乱げに細められているのは、当然の成り行きというものだ。

「企んでいるとは、どういうことです？」

カナレイカが訝るように眉を寄せる。ラスはハッと乱暴に息を吐き捨てた。

「今さらとぼけるのはなしにしてくれ。まともに考えたら、陛下が俺なんかをガード・オブ・シルバーに任命するはずがない。つまり、まともじゃない理由があるってことだ。陛下の頭がおかしくなったんじゃなければな」

不敬極まりないラスの発言を聞いても、カナレイカはそれを咎めようとはしなかった。ただいつもの生真面目な口調で反論する。

「あなたを筆頭皇宮衛士に任命するのが、おかしなこととは思いませんが？」

「皇太子の報告書を読んだからか？」

「いえ。筆頭皇宮衛士というのが皇国の最強の兵士に与えられる肩書きなら、あなた以上に相応しい人物は存在しません。少なくとも励起状態の石剣を素手で叩き折る人間を、私はあなたのほかには知りませんから」

「あんなものは手品と同じだ。ちょっとしたコツがあるんだよ」

ラスはどうでもいいことのように肩をすくめた。

煉騎士たちが石剣と呼んでいる武器の正体は、二酸化ジルコニウムにアルミナなどを添加したジルコニア複合材料——いわゆるセラミックス剣である。

セラミックス剣は高い硬度と耐摩耗性を持つが、破壊靱性値が低く、衝撃に弱い。つまり硬いが、脆いのだ。

　煉気をまとって強化しても、その基本的な特性までは変えられない。ラスの攻撃は、その石剣の構造的な欠点を利用したものだった。

「……そのコツを会得する前に、普通の人間は命を落とすと思いますが」

「剣を素手で折ることができたところで、たいした意味はないって話だよ。実際、きみの剣をへし折ったあとに、もう一人にあっさり倒されたしな」

　ラスが自嘲の笑みを浮かべて反論する。しかしカナレイカは真顔で首を振った。

「あれは彼女の策を褒めるべきでしょう。亡くなられたはずのフィアールカ殿下の姿を見れば、必ずあなたは隙を見せると彼女は確信していましたから」

「だからフィアールカに変装していたのか。悪趣味だな」

　ラスが軽蔑の眼差しをカナレイカに向けた。

　あの程度のことで心を乱すラスが甘いと言われれば、そのとおりだろう。

　だが、彼女たちがラスを捕らえるために死んだ皇女の姿を利用したのは事実だ。少なくとも皇宮衛士に相応しい振る舞いとはいえない。

　しかしラスの冷ややかな視線を浴びても、カナレイカが怯む様子はなかった。むしろ彼女の口元は、どこか満足げにほころんでいる。

「愛しておられるのですね、あの方のことを。今でも」

「関係ないな。死人が墓から這い出してきたら、相手が誰でも普通に驚くだろ」

「では、そういうことにしておきます」

カナレイカが笑い含みの口調で言った。ラスは無言で顔をしかめる。

そのまましばらく歩き続けたところで、ラスは不意に足を止めた。自分たちがいる場所が、皇宮の裏御殿に向かう通路だと気づいたからだ。

「行き先が違うんじゃないか、カナレイカ。この先は皇族の居住区だぞ」

「いえ、この回廊で合っています。今日からあなたは、殿下と同じ部屋で暮らしていただくことになりますから」

「……なんだと？」

カナレイカの説明に、ラスは思わず眉を吊り上げた。

皇太子とラスは互いに知らない仲ではない。皇女と幼なじみということは、当然、その双子の兄である皇太子とも同様の関係だ。

月並みな表現を使えば、親友という言葉がいちばん近い。

だがそれは二年前までの話である。

フィアールカが死んで以来、ラスはアリオールと一度も話をしていない。

上位龍との死闘で負った傷が癒えると同時に、ラスは中央統合軍を辞め、姿を消してしまったからだ。

それからの二年間、皇太子は妹の死を嘆く暇もなく、病身の皇帝に代わって政務に没頭していた。その間、娼館（しょうかん）に入り浸っていたラスに与えられた通り名は〝極東の種馬（ザ・スタリオン）〟だ。

そんなラスが、今さら皇太子と会って話すことはなにもない。

ましてや寝食を共にするなど、笑えない最悪の冗談だ。

「筆頭皇宮衛士は、皇族の専任護衛です。常に護衛対象の傍（そば）に控えているのは当然では？」

カナレイカが淡々と指摘する。ラスは不機嫌そうに顔をしかめた。

「そんな面倒な役目を引き受けた覚えはないぞ」

「皇帝陛下のご裁可です」

「俺は極東伯領の煉騎士（れんきし）だ。いくら皇帝でも、勝手に引き抜くことはできないはずだが？」

「ヴェレディカ極東伯の許可はいただいています。移籍金もすでに支払ってあると」

「ずいぶん手回しのいいことだな」

本気の頭痛を覚えて、ラスは深々と溜息（ためいき）を洩（も）らした。

冗談抜きに気分が悪い。吐きそうだ。

「そこまでして俺になにをやらせるつもりだ？」

「それは殿下ご本人に直接尋ねられたらよろしいかと」

カナレイカが扉の前で立ち止まる。

周囲と比べて、特別に豪華な扉というわけではない。

だが、それを護衛する皇宮衛士たちの存在が、その部屋の正体を物語っている。

カナレイカの言葉が事実なら、今日からラスが暮らすことになる部屋。

皇太子の私室である。

カナレイカがノックの音を鳴らし、中からの返事を待たずに扉を開けた。

ラスはもう一度うんざりしたように首を振り、半ば投げやりな気分で部屋の中へと足を踏み入れたのだった。

6

その部屋は想像していたよりも狭かった。

ただそれは、ひとつひとつの部屋は、という意味だ。

客を迎えるための談話室。大量の書物を収めた書庫。そして複数の寝室と衣装室。皇太子が自室として使っているのは、それらを一カ所にまとめた区画のことらしい。

よほどの大地主か豪商でもない限り、これよりも広い屋敷（やしき）で暮らしている庶民は滅多にいないだろう。

だがその室内は、驚くほどに閑散としていた。

部屋の中にいたのは、皇太子自身を含めて二人だけだ。

黒い仮面で顔の半分を隠した青年――アリオール・レフ・アルゲンテアは、インクの臭いの籠もった書斎の奥で、分厚い書類の束をめくっていた。

ラスたちが皇宮内の回廊をぐるりと遠回りしている間に、彼は謁見の間から真っ直ぐ部屋に戻って、皇太子としての仕事をこなしていたらしい。

そんなアリオールの隣には、眼鏡をかけた女性が立っている。

服装からして侍女ではない。皇太子の秘書官といったところか。彼女の髪はくすんだ銀髪だ。

昨晩、ラスを昏倒させた煉術師の女性によく似ている。

部屋に入ってきたラスたちに気づいて、二人は同時に視線を上げた。

銀髪の女が浮かべたのは、警戒心を巧妙に隠した事務的な微笑だった。

対するアリオールの反応はよくわからない。思慮深く寛容で、そのくせどこか挑発的な表情。ラスが知っている昔の彼そのままの雰囲気だ。

彼の口元を覆っている仮面は、二年前の戦場で負った傷跡を隠すためのものだと聞いている。

だがその威圧的な仮面をもってしても、皇太子の端整な相貌は損なわれていない。

中性的な彼の面差しは、双子の妹である皇女フィアールカによく似ていた。

「第一近衛連隊長カナレイカ・アルアーシュ。ラス・ターリオン卿をご案内しました」

書斎の入り口で立ち止まったカナレイカが、背筋を伸ばして報告する。

「ありがとう、カナレイカ。世話をかけたね」

アリオールが穏やかな口調で言った。仮面で口元を覆っているにもかかわらず、柔らかな響きのよく通る声だ。

そしてカナレイカの隣にいるラスを見て、彼は愉快そうに目を細める。

「それにラス。久しぶりだ。訊きたいことが溜まっているという顔だね」

「おかげさまでな」

ラスは無愛想な表情でうなずいた。

不敬極まりない態度だが、ラスとアリオールの間柄では今さらだ。

むしろこれでアリオールが腹を立て、ラスを馘首にしてくれるのなら、そのほうがありがたいとすら思う。

だが、もちろん、その程度でアリオールが感情を乱すことはなかった。

相変わらずだな、と言わんばかりの、朗らかな笑い声を洩らしただけだ。

「きみの質問を聞く前に紹介しておこう、ラス。彼女はエルミラ・アルマスだ。皇太子専属の補佐官をやってもらっている。皇宮内でわからないことがあれば、彼女に尋ねるといい」

「——エルミラとお呼びください、ターリオン卿」

アリオールの隣にいた銀髪の女性が、文官式の敬礼の仕草をする。

ラスは彼女を不躾に眺めて、警戒したように眉を上げた。

一見すると荒事とは無縁の女性官吏にしか見えないが、彼女の動きには、かすかな違和感がある。戦闘技術と無縁の文官にしては、煉気の流れがあまりにもスムーズ過ぎるのだ。

それでいて彼女の立ち姿そのものは隙だらけだ。

つまり隙だらけに見えるように演技をしているということだ。

「ただの文官じゃないな。煉騎士……いや、暗殺者か？」

ラスの何気ない呟きに、エルミラが、ほんの一瞬、はっきりと動揺した。隠していた殺気が洩れ出して、彼女の素の姿が現れる。

「さすがだね、ラス。カナレイカでも初見では見抜けなかったのに」

アリオールが感心したように眉を上げた。エルミラがただの文官ではないことを認めたも同然の発言だ。

「いちおう訂正しておくと、彼女は暗殺者ではなく、諜報員だよ。皇族の護衛も兼ねている」

「噂に聞く〝銀の牙〟の隠密か。さすが皇族。便利な人材を雇ってるな」

ラスが皮肉っぽく唇を歪めて言う。

銀の牙とは、アルギル皇国が保有する諜報機関の通称だ。

彼らは煉騎士級の戦闘能力を持つ密偵を独自に育成しており、敵国の諜報員の排除や、破壊工作、そして要人暗殺などに投入していると噂されていた。

エルミラは、その隠密衆の一員なのだろう。

だが、それだけの理由でアリオールが、ラスに彼女を紹介したとは思えない。

「──似てるだろう？　フィアールカに」

　アリオールが、挑発的な口調でラスに問いかけた。

　長い銀髪と菫色の瞳。地味な眼鏡とメイクでも誤魔化せない整った顔立ち。たしかにエルミラ・アルマスは、二年前に死んだ皇女によく似ている。

　それはつまり、昨夜ラスと戦った煉術使いの女に似ているということだ。

　しかしラスはエルミラを眺めて、呆れたように溜息をついた。

「そうでもないさ。彼女のほうがフィアールカよりも胸がでかいし、腰も細い」

「服の上からで、そんなことが言い切れるのかい？」

「伊達に極東の種馬と呼ばれてるわけじゃない。少なくとも彼女は、昨晩、俺をぶっ飛ばした女とは別人だな」

　なぜか不満げな表情を浮かべた皇太子に向かって、ラスははっきりと言い切った。

　どういう事情があるのか知らないが、アリオールは、昨晩ラスを気絶させたのがエルミラだったということにしたいらしい。

　そんな皇太子の思惑を、ラスは真っ向から否定したのだ。

「それも胸の大きさで見分けたんじゃないだろうね？」

　皇太子が疑いの視線をラスに向けた。ラスは思わせぶりに口角を吊り上げて頭を振る。

「好きに想像してくれ。だが、彼女の瞳の色が偽物なのはわかる。ずいぶんめずらしい煉術だな」

「……なるほど。やはりきみの目は騙せないか」

降参だ、というふうにアリオールは両手を上げた。

芝居がかった皇太子の態度に、ラスはうんざりと肩をすくめる。

「回りくどい話はなしだ、アル。今回の茶番を仕組んだ理由はなんだ？　なんのつもりで筆頭皇宮衛士なんて面倒な肩書きを俺に押しつけた？」

「その答えなら、すでにカナレイカが説明しているはずだよ」

アリオールは悪びれることなく微笑んだ。そして彼は、姿勢を正してラスを見据える。

「きみに仕事を依頼したい。筆頭皇宮衛士の肩書きは、そのために必要だったんだ」

「依頼なら断ったつもりだが？」

「残念だけど、きみに選択の余地はないんだ。皇国が滅ぶかどうかの瀬戸際でね」

「皇国が……滅ぶ？」

ラスは驚いて目を瞬いた。

悪い冗談にしか聞こえない台詞だが、アリオールはあくまでも真顔で肯定する。

「少なくとも多くの血が流れる。犠牲になるのは、なんの罪もない国民だ」

「それを俺に防げと？」

「そうだ。というよりも、きみにしか防げない」

アリオールがきっぱりと断言した。

彼の声に嘘の響きは感じない。そのことにラスは戸惑った。

この国の存亡がかかっているというアリオールの言葉が事実なら、彼が強引な手段を使ってまで、ラスを無理やり筆頭皇宮衛士に仕立て上げたことにも説明がつく。

しかしラスは、国内に何百人といる煉騎士の一人に過ぎない。

極東伯の息子ではあるが、領内でなにかの役職に就いているわけでもない。

一方のアリオールは、病身の皇帝に代わって国政を取り仕切る事実上の最高権力者だ。そんなアリオールが、ラスに頼らなければならない理由はないはずだ。

「国内に上位龍が出現したという話は聞いてないぞ？」

ラスが声を低くして訊いた。

今のアリオールの権力をもってしても自由にならない相手がいるとすれば、おそらくそれは龍種だろう。

地龍や蛟などの下位龍と違って、上位龍の存在は天災そのものだ。

主要都市の近辺に上位龍が出現したら、どれだけの被害が出るかわからない。たった一体の上位龍に国土を蹂躙され、衰退した国はひとつやふたつではないのだ。

上位龍に確実に対抗できるのは、剣聖と呼ばれる人外レベルの煉騎士だけ。しかし彼らは大陸全土で四人しかおらず、一国の君主といえども、剣聖になにかを命じる権利はない。それが剣聖という非常識な戦力を、国家間の争いに持ちこまないための不文律（ルール）だからだ。剣聖とは、人類という枠組みの埒外（らちがい）の存在なのである。

だからアリオールは、自分に目をつけたのだとラスは判断した。

なにしろラスは、世にも稀（まれ）な剣聖の弟子なのだ。そして実際に、単独で上位龍を倒した実績もある。

アルギル国内に上位龍が出現したのなら、自由に動かせない剣聖の代わりに、ラスを上位龍と戦わせる。それは皇族として当然の判断だろう。もしラスがアリオールの立場でも、迷わず同じ選択をする。

しかしアリオールはそんなラスを見返して、なぜか残念そうに首を振った。

「残念ながら、今回の攻略対象は上位龍じゃない。むしろそのほうがラスにとっては楽だったかもしれないね」

「上位龍以上の脅威だと？　古龍や神獣を相手にしろと言い出すんじゃないだろうな？」

ラスは、仮面の皇太子を呆然（ぼうぜん）と見返した。

上位龍を超える脅威が、大陸に存在しないわけではない。

だが、それらの多くは伝説の中だけの存在だ。

一夜にして国を滅ぼし、地形を変え、気候にすら影響を与える化け物たち。剣聖ですら、それらに太刀打ちできるとは思えない。

「まさか。違うよ。面倒な相手であることに変わりはないけどね」

本気で顔をしかめたラスに向かって、アリオールは笑った。

「話だけは聞いてやる。いったい俺になにをやらせるつもりだ?」

声に苛立(いらだ)ちを滲(にじ)ませて、ラスが訊(き)く。

アリオールの返事は、拍子抜けするほどシンプルなものだった。


「王女を一人、口説いて欲しい」


「……は?」

一瞬、自分がなにを言われたのかわからず、ラスは間の抜けた声を出す。

しかしアリオールの眼差(まなざ)しは真剣だった。彼の隣にいるエルミラや、ラスの背後にいるカナレイカも無言のまま、皇太子の次の言葉を待っている。

「シャルギア王国の第四王女、ティシナ・ルーメディエン・シャルギアーナ——彼女を寝取って欲しいんだ。遅くとも十カ月以内にね」

宝石のような碧(あお)い目を眇(すが)め、アリオールは続けた。淡々と事実だけを告げる本気の口調で。

そしてラスは、今度こそ完全に絶句したのだった。

第二章　種馬騎士、元婚約者と再会を果たす

1

翌朝、ラスは見慣れない豪華な部屋で目を覚ました。

アリオール皇太子の居住区内の一室。筆頭皇宮衛士用の寝室だ。

昨夜はろくに眠れなかったせいで、頭の芯がずっしりと重い。

といっても、それなりに訓練を積んだ煉騎士が、一日や二日徹夜した程度で体調を崩すようなことはない。だから今朝のラスの不調は、精神的な疲労が原因だ。

それもこれも皇太子から言い渡された、とんでもない依頼が原因である。

「お目覚めですか、ラス様」

支給された皇宮衛士の制服に着替えて部屋を出ると、談話室にいた使用人から声をかけられた。愛想のない若い侍女。シシュカ・クラミナだ。

「そうか。きみはもともと皇太子付の侍女だったな」

「然様でございます」

ラスの呟きに、シシュカがうなずく。

談話室のテーブルの上には、温かなパンやスープが置かれていた。

皇族の食事にしては質素な朝食だ。皇宮内の厨房から運ばれてきた食材を、シシュカ自身が毒味した上で並べているらしい。

多忙な皇太子は、余程のことがない限り、私室で適当に食事を済ませているのだ。

今日からは、そこにラスのぶんの朝食も加わることになる。

「なにか俺に手伝えることは？」

ラスは用意されていたグラスに勝手に水を注ぎ、それを飲み干してからシシュカに訊いた。

皇宮衛士が、侍女の手伝いを自分から申し出ることなど普通はあり得ない。だが、あいにくラスは、自分が皇宮衛士だとは思っていなかった。

公式な肩書きはどうあれ、ラスの立場は、皇太子に直接雇われた私兵のようなものだ。その意味では、皇太子専任の侍女であるシシュカはラスの同僚だといえる。

仲間同士で仕事を分け合うのは、ラスの感覚からすればむしろ当然だ。だが、

「それが極東の種馬と呼ばれる御仁のやり口ですか？　さすがに殿下のお部屋で女性を口説くのは、あまりお勧めできませんが」

シシュカが冷ややかな視線をラスに向けた。

ラスが自分に下心を抱いているのではないかと警戒したらしい。

「今のところきみに手を出す気はないから安心してくれ。二年も娼館通いをしていると、女性には分け隔てなく親切にしておくべきだと学ぶことも多くてね。相手を口説くためというよりも、敵に回さないための秘訣だが――」

ラスが自虐的に笑いながら首を振る。

なるほど、とシシュカは得心したようにうなずいた。

「そういうことなら、殿下を起こしてきていただけますか？」

「あいつはまだ寝てるのか。わかった、引き受けよう」

ラスはシシュカに軽く手を振ると、皇太子のために用意された寝室へと向かった。

ノックの返事がないのを確認して、ラスは勝手に寝室へと足を踏み入れる。

広々とした寝室の中央には、五、六人が余裕で寝転がれそうな巨大なベッドが置かれている。

就寝する直前まで仕事をしていたのか、ベッドの周囲には読みかけの書類や報告書が乱雑に積み上げられていた。

その書類の束に埋もれるようにして、部屋の主が横たわっている。

下着と白いシャツを身につけただけの、無防備な姿だ。

輝くような長い銀髪が、緩やかに波打ちながらシーツの上に散っている。

顔を隠す黒い仮面も今は外れて、艶（あで）やかな唇があらわになっていた。

すっと通った細い鼻梁（びりょう）と、長い睫毛（まつげ）。その端整な横顔をラスは複雑な気分で眺め、そして彼女の名前を呼ぶ。


「——起きろ、フィアールカ」


んん、と弱々しい声を洩（も）らして、彼女がゆっくりと瞼（まぶた）を開けた。

そして菫色（すみれいろ）の瞳の皇女は、ラスを見上げて、ふわりと楽しげに微笑（ほほえ）んだ。

ラスは急な頭痛に襲われたように額に手を当て、どうしてこんなことになってしまったのか、昨日の出来事を再び思い出すのだった。

2

「シャルギアの王女を……寝取れ、だと？」

黒い仮面をつけた皇太子を、ラスは怪訝（けげん）な表情で睨（ね）めつけた。

アリオールは、そんなラスの反応を愉快そうに眺めて首肯する。

「ティシナ王女は十七歳。王位継承順位は第七位。絵姿を見たが、かなりの美形だよ。母親は属国出身の立場の弱い側室だが、シャルギア王が一目で恋に落ちたという逸話の持ち主だ。王女の見た目についても信用していいと思う」

「話が見えないな、アル。隣国の王女を、いったい誰から寝取れと言うんだ？」

ラスはかすかな戸惑いを覚えながら訊き返した。かつてのアリオールは、こんなふうに人をからかって楽しむような性格ではなかったからだ。

「正確には寝取るというよりも、単純に王女と恋仲になってくれればいいんだ。それで誰かを傷つけるわけじゃない」

「だから、なぜだ？　おまえが隣国の王女を気にかける理由は？」

「もちろん理由はある。聞きたいかい？」

「当然だ。わかるように説明してくれ」

「わかった。だけど、少し込み入った話になる。部屋を変えよう。カナレイカ、強めの酒を用意して欲しい」

「承知しました。では、クフィダの十五年ものを」

唐突に話を振られたカナレイカが、少しだけ声を弾ませた。どうやら彼女は酒の銘柄にこだわりがあるらしい。

「素面ではできないような話なのか？」

ラスが呆れながら確認する。

窓の外はまだ明るい。酒を酌(く)み交(か)わすには早い時間だ。

「久しぶりの旧友との再会だ。乾杯くらいしてもいいだろう？」

「まあ、文句はないさ。おまえの酒だしな」

ラスはエルミラに案内されて、談話室に移動した。

カナレイカが、部屋に置かれていた酒棚から一本の酒瓶を選び出す。

彼女がグラスに注いだ酒は、鮮血を思わせる深紅の液体だ。

匂いも強いが、薬品めいた不快な匂いではなかった。スモーキーでありながら、ぼやけたところのない清冽(せいれつ)な芳香だ。

「いい酒だな」

グラスの中身を光に透かしながら、ラスが呟(つぶや)く。

「どこぞの貴族からの献上品だよ。まだ何本か残っていたはずだから、気に入ったならきみに一本譲ろう。筆頭皇宮衛士(ガード・オブ・シルバー)の契約金代わりにね」

ラスの正面のソファに座ったアリオールが、仮面の口元を開けながら言った。

どうやら彼の黒い仮面は、装着したまま飲食ができるようになっているらしい。ずいぶん凝った造りだと、ラスは素直に感心する。

「わけのわからない仕事の代価が、酒一本というのは、さすがに割に合わないな」

「そうだね。では、その仕事の話をしようか」

アリオールが、笑みを消してラスを正面から見つめた。

「実はね、婚礼の儀式を執り行うことになったんだ」

「……婚礼？　結婚するってことか？　誰が？」

「私だよ。こう見えて私は皇位継承予定者だからね。自分の意思で結婚相手を決める権利や、結婚しないという選択肢はないみたいだ」

自嘲するように肩をすくめて、アリオールが答える。ラスは黙ってうなずいた。

アルギルの皇族は数が少ない。四十年ほど前の大規模な内乱と、先帝が崩御した直後に起きた血なまぐさい皇位争いが原因だ。

皇女であるフィアールカが死んだ今、現皇帝の血を引いているのは皇太子アリオールだけ。アリオールが子孫を残さなければ、皇家直系の血脈は途絶えることになる。

当然、皇太子の結婚を望む声は、国民の間でも強かった。

二年前の紛争の影響があったとはいえ、アリオールの結婚は遅すぎたほどだ。

「アル……まさか、おまえの結婚相手というのは……」

「ご明察だね。そう、シャルギアのティシナ王女だよ」

アリオールが素っ気ない態度で肯定する。

妥当な人選、というのがラスの率直な感想だった。

シャルギア王国は、山脈地帯を挟んだアルギルの隣国。小国ながらも芸術や文化の中心地として栄えており、アルギルとは軍事同盟を結んでいる友好国である。

その隣国の王女を次期皇帝の妻として迎えることで、両国の同盟関係は一層強固になる。互いの国にとって利のある話だ。

自分の娘や親族を皇太子に嫁がせようと狙っていた国内の有力貴族たちも、表立って反対することはできないだろう。

「こういう場合は、やはりおめでとうと言うべきなんだろうな」

「残念ながら、そう楽観視できる状況でもなくてね」

アリオールが、苦々しげな笑みを浮かべて首を振る。いつも泰然とした態度の彼にしては、めずらしい表情だ。

ラスはそのことに興味を惹かれて、眉を上げた。

「なぜだ？　話を聞く限り、そう悪い条件ではないように思えるんだが」

「そうだね。まあ、悪くはない。最近は、私に自分の娘や親族を嫁がせようという、四侯三伯あたりからの突き上げも無視できなくなっていたからね」

「国内貴族のパワーバランスに気を遣わなくて済むぶん、隣国の王女のほうがまだマシか。だったらなにが問題なんだ？」

「その前にラス、きみはユウラ紛争の最後の日になにがあったか、覚えているかい？　なぜ、フィアールカが命を落とすことになったのか」

「今頃になってその話か」

今度はラスが不快げに顔をしかめる番だった。

どれだけ忘れようと思っても、忘れたことなど一度もない。

噎せるような死臭に満ちた密林。引き裂かれた狩竜機の無惨な骸たち。

あの日、ラスは龍を殺し、そして自分の命よりも大切な恋人を永遠に失ったのだ。

「フィーは囮になったんだろ。休眠状態だった上位龍を覚醒させて、パダイン軍の本隊にぶつけるための囮にな。そんなクソみたいな作戦を立案したのは、フィー本人だったと聞いてるぞ」

ラスが深い溜息とともに言葉を吐き出した。

あの紛争でアルギル皇国が投入した狩竜機は百八十機余り。総兵力七十にも満たないパダイン都市連合国の部隊を押し返すには、十分過ぎるほどの戦力のはずだった。

しかし蓋を開けてみれば、国境を越えて進軍してきた敵軍の狩竜機は、四百機を超えていた。パダイン都市連合国を支援するカヴィール王国や、大陸東方の超大国レギスタンの支援があったと言われているが、正確なことはわからない。

ともあれ、予期せぬ大軍の猛攻に晒された皇国軍は、開戦後、半月を待たずして壊滅の危機に陥った。そんな中、補給部隊の一員として前線を訪れた皇女フィアールカが提案したのが、上位龍を攻撃に利用しようという前代未聞の奇策だった。

ユウラ半島の樹海内には、上位龍〝キハ・ゼンリ〟が休眠している洞窟がある。

皇国軍は洞窟の位置を特定していたが、侵略者である都市連合軍は上位龍の存在そのものを知らない。そこが残された唯一の勝機だと、フィアールカは主張したのだ。

皇族であるフィアールカ自身が囮になることで、敵軍の主力部隊を上位龍の棲息圏へと誘い込む。覚醒した上位龍は、彼らを容易に殲滅するだろう。

馬鹿げた作戦だが、成算は低くなかった。むしろ恐ろしく効果的だ。

囮となる皇女と彼女の護衛部隊が、ほぼ確実に全滅することを無視すれば、だが。

「そうだね。その無謀な作戦を止める立場にいた皇太子アリオールは、前日の戦闘で負傷していたせいで、軍議に出席することができなかった。彼が妹の思惑を知ったときには、すでに作戦は実行されたあとだった――そういう話になっているはずだ」

「まるで真実はそうじゃなかった、とでも言いたげだな？」

他人事のように醒めたアリオールの口調に、ラスは訝るような表情を浮かべた。

仮面の皇太子は静かに首を振り、深紅の酒を口に運ぶ。

「いや、ほとんどは事実だよ。ただ一点、実際に囮になったのが、フィアールカではなかったという部分を除けばね」

「囮になったのが、フィーじゃない……？」

ラスは呆然と目を見張った。

脳裏に焼きついた凄惨な光景が、閃光のように甦る。

上位龍が蹂躙した戦場跡。破壊された菫色の狩竜機。あれは皇女の専用機だ。そして原形を留めないまでに潰れた操縦席には、長い銀髪が残っていた。皇女の象徴でもある、輝くような銀髪が――

「馬鹿な。あり得ない。俺は、フィーの〝エッラ〟が、あの戦場にいたのをこの目で見てる。おまえだって知っているはずだ。皇家に伝わる狩竜機は、皇族以外には動かせない。パダインの連中だって、それを理解していたから囮に喰いついて――……」

「そうだね。エッラは皇族にしか動かせない。そしてあの戦場に、皇族は二人いた」

アリオールが静かに指摘した。

ラスは今度こそ息を呑む。

皇家に伝わる狩竜機には意思があり、皇族以外の搭乗を認めない。

だが、逆に言えば、皇族ならば、皇女の専用機である菫色の狩竜機〝エッラ〟を操れる、ということだ。

「まさか……アル……なのか？　アルが妹の代わりに〝エッラ〟に乗って、囮になった……？」

「それが、あの日の真実だよ」

皇太子アリオールと名乗っている人物が、己の口元を覆う仮面に触れた。

小さな金属音を残して仮面が外れ、装着者の素顔があらわになる。

仮面の下に刻まれているはずの傷跡は、なかった。

ラスの目の前に現れたのは、輝く宝石に似た透きとおるような美貌の持ち主だ。

仮面にかけられた煉術の効果が切れ、蒼かった瞳の色が菫色に変わる。

「フィアールカ……」

ラスは、震える声で彼女を呼んだ。

二年前に死んだはずの美貌の皇女が、かつての彼女と同じ、花のような微笑を浮かべている。

「久しぶりだね、ラス。これでようやく、私の言葉できみと話ができるよ」

彼女が、髪を束ねていた紐を解いて首を振る。

輝くような銀髪が、花弁のようにふわりと広がった。ラスの記憶の中の彼女よりも髪が短いのは、二年前、己の死を偽装するために自ら切り落としたせいだ。

皇女フィアールカは生きていた。

彼女は死んだ双子の兄に成りすまし、皇太子として、この国を支え続けていたのだ。

「そして、これがきみに仕事を依頼する理由だ。花嫁との初夜を迎えたら、私の正体が確実に相手にばれてしまう。だからきみにはその前に、ティシナ王女を寝取って欲しいんだ。彼女が私の正体に気づいても、私たちの味方でいてくれるようにね」

フィアールカ・ジェーヴァ・アルゲンテアが、ラスの瞳を見つめて告げる。

ラスは目の前にあった酒杯に手を伸ばし、中の液体をひと息に喉へと流しこんだ。

頭の中を無数の感情が渦巻いて、言葉にならない。

今はただ、なにもかも忘れて、ひどく酔っ払いたい気分だった。

こうして煉騎士ラス・ターリオンは、思いがけない形で皇女フィアールカとの再会を果たしたのだった。

3

「──起きろ、フィアールカ」

そしてラスは、ベッドに埋もれた皇女の肩を乱暴に揺さぶった。

名残惜しそうにのろのろと瞼を開けたフィアールカが、ラスを見上げてふわりと笑う。

咲き誇る銀色の花弁を思わせる可憐な微笑。普段の抜け目のない彼女とは別人のような幼い表情だ。

「できれば、目覚めのキスで起こして欲しかったね」

ふにゃふにゃとした寝起きの声で、フィアールカが可愛らしく抗議した。

寝間着代わりに羽織ったシャツの胸元がはだけて、彼女の素肌がのぞいている。その肌に触

れたい欲求を抑えて、ラスはうんざりと溜息をついた。

「悪いがそんな気分じゃないんだ。こっちはまだ頭が混乱してるんでな」

「混乱してる？　どうして？」

「死んだと思っていた元恋人が生きてて、生きてるはずだった友人が代わりに死んでたんだ。そんな状況、すんなり受け入れられるわけないだろ」

「もしかして怒っているのかい？　私が生きていることを、きみに知らせなかったから」

ふふっ、と笑うような吐息を洩らして、フィアールカがからかうように訊いてくる。

ラスは、ふて腐れたように唇を歪めてうなずいた。

「当然だろ。こっちは二年間ずっと騙されてたんだぞ」

「あのねえ、それに関して言わせてもらえば、私がこれまでいったい何回、きみを皇宮に呼び出そうとしたと思ってるんだい？」

フィアールカが拗ねた子供のように唇を尖らせる。

「おまけにいくら私が死んだと思ったからって、娼館に入り浸るのはさすがにどうかと思うね。しかもそれだけでは飽き足らずにあちこちの女に手を出して、報告を聞いた私がどれだけイラついたことか。こっちはアルのふりをして、毎日、政務に忙殺されていたというのに」

「あー……」

ラスは決まり悪げな表情を浮かべて、目を逸らした。

「言い訳はしない。好きになじってくれ」

「まあね、フォン・シジェルのやったことだから、きみを責めても仕方ないのはわかってるよ。それに正直、きみの行動が役に立ったのも事実だしね」

「役に立った？」

ラスが怪訝そうに訊き返す。フィアールカは寝転んだまま投げやりに苦笑した。

「婚約者を亡くしたショックで娼館通いをしているきみを見たら、実は私が生きているなんて誰も思わないからね。おかげでいい目眩ましになったよ」

「そうか」

「とはいえ、怒ってないわけじゃないからね。二年分の埋め合わせはしてもらいたいね」

菫色の目を細めて、銀髪の皇女がラスを睨む。

「埋め合わせ？」

「そうだね。まずは目覚めのキスを要求するよ」

嫌な予感を覚えて身構えるラスに、皇女は両手を伸ばして悪戯な笑みを浮かべるのだった。

4

「──で、そんな恰好で部屋をうろついていて大丈夫なのか？」

寝乱れた髪のまま朝食のスープを啜るフィアールカに、ラスが不安な表情を浮かべて訊いた。

強引に二年ぶりのキスを迫ったあと、ラスに抱っこされて談話室に移動してきたフィアールカは、涼しい顔をしているが明らかに上機嫌だ。

今の彼女の服装は、男女兼用の下着と男物の白いシャツだけ。

ほっそりとした体つきは女性らしい起伏には乏しいが、それでも今のフィアールカを見て、男性と見間違う者はいないだろう。

いくら皇太子の私室とはいえ、予期せぬ侵入者が現れないとは限らない。

そんなときに死んだはずの皇女の姿が目撃されたらまずいのではないか、とラスは心配になる。

「問題ないよ。むしろ中途半端な男装のほうが危険なんだ。今の私の姿を誰かに見られても、エルミラのふりで誤魔化しが利くからね」

「そうか……エルミラがおまえに見た目を似せていたのはそのためか」

「うん。彼女は、もともと私の替え玉として用意された諜報員だったんだ。皇族の身代わりが務まる人間がいれば、なにかと都合がいいからね。もっとも彼女が任務に就く前に私が死んだことにされてしまったから、少々特殊な立ち位置になってしまったけれど」

「なるほどな」

本来はフィアールカの影として生きるはずだったエルミラは、皇女の死によって、皇太子の補佐官という立場で表舞台に引っ張り出された。

　姿を見せることができないフィアールカを、自分の影として匿うためだ。

「エルミラが皇太子のベッドで寝ているのは、それはそれで問題にならないのか？」

「大丈夫。エルミラは皇太子の愛妾という噂を流してあるからね。あの子がこの部屋に勝手に出入りしても、誰も不思議とは思わないよ」

「……ならいいが、エルミラにとっては迷惑な話だな」

　ラスは呆れて息を吐いた。

　周囲から皇太子の愛人だと認識されていれば、エルミラがこの部屋で目撃されても、不審に思う人間はいないだろう。

　彼女の行動を咎めたら、皇太子の不興を買うことになるからだ。

　ただしエルミラ本人が、依怙贔屓で取り立てられたという不名誉な扱いを受けてしまうのは避けられない。

　エルミラが有能であればあるほど、不愉快な思いをすることになる。

「それについては申し訳なく思っているよ。あとは双子の妹に瓜二つの女性を愛人にしているシスコンだと思われてしまった兄にもね」

　フィアールカが気まずそうな表情で目を伏せた。

　皇女の身代わりを務めるために、エルミラはあえて容姿をフィアールカに似せている。そんなエルミラをアリオールが愛人として扱えば、当然、口さがない人々から噂が立つだろう。皇太子役を彼女が演じるための必要な犠牲とはいえ、いちおうフィアールカもそれを気にしてはいたらしい。

「そこまでして、アルが生きてるように見せかける必要があったのか？」

シシュカが運んできた焼きたてのパンを噛みちぎりながら、ラスが訊いた。

アルギル皇国では、女性皇族にも皇位の継承権が認められている。継承順位第一位のアリオールが死ねば、第二位のフィアールカの順位が繰り上がるだけだ。

皇太子の死は悲しむべきことだが、だからといってフィアールカが兄の代役になる必要があるとは思えない。

しかしフィアールカは、苦い表情で首を振る。

「あの時点で皇太子の死が公になっていたらなにが起きたのか、想像してみるといいよ」

「アルの死をきっかけに起きたかもしれないこと……という意味か？」

「そうだね。まず最初に、きみは皇家に婿入りすることになっていたはずだ」

「俺が皇家に？　いや……そうか」

ラスは当時のフィアールカの婚約者だ。大貴族である極東伯家出身のラスなら、家柄的にも皇族の娘を嫁がせるのに問題はない。皇族の地位を返上したフィアールカは新たな爵位と領地をあてがわれ、そこでラスと暮らすことになっていただろう。

しかしアリオールの死によって、フィアールカが皇族の地位を捨てることは不可能になった。だとすれば、ラスが皇族に婿入りするしかない。

「いずれ私が女性皇帝になれば、私ときみの間に生まれた子供がその次の代の皇帝だ。つまり現在の極東伯の孫が、皇帝の地位に就くことになる。それはほかの貴族たち、特に残りの四侯三伯にとっては面白くない状況だね」

「だろうな。アルが皇帝なら、側室という名目で、複数の貴族が自分の娘や親族を嫁がせる機会が作れたんだろうが……」

「そういうことだよ。皇太子が死んだ時点で、次代の皇帝という利権が極東伯家に独占されるのは確実だ。それを防ぐためには、きみか私を暗殺するしかないわけだけど——」

「おまえが死ねば、皇家は断絶して後継争いが勃発。俺が殺されれば、犯人は皇家と極東伯家の両方を敵に回すことになるわけか」

「どちらに転んでも、かなりの高確率で内乱が起きるだろうね。それなら最初から反乱を起こしたほうが手っ取り早いと考える連中が出てきても不思議はないよ」

フィアールカが冷ややかな口調で言った。

ラスは黙って顔をしかめる。皇女の言葉が、限りなく実現可能性の高い未来予想だと納得したからだ。

「皇家の力が強ければなんの問題もなかったんだけどね、あいにく時期が悪かった。先代皇帝死後の後継者争いで皇族が大きく数を減らしている上に、当代の皇帝陛下は病身だ。おまけに都市連合国(バダイン)との紛争で、中央統合軍(セントラル)は戦力を大きく減らしている」

「反乱を起こすなら最高のタイミングってわけだ」

「うん。だから私は、アルを死なせるわけにはいかなかったんだ。どんな手段を使ってもね」

「それで男装か。案外バレないものなんだな」

「きみ、なにか失礼なことを考えてないかい？」

お世辞にも豊かとはいえない自分の胸元を両腕で隠して、フィアールカがラスを咎(とが)めるように睨(にら)んだ。しかし彼女が昔から気にしていた体型が、男装では有利に働いたのは事実だろう。

「苦労がなかったわけではないけどね。アルは男性としては小柄なほうだったし、多少の身長差は上げ底の靴で誤魔化せる。仮面に内蔵した機械で声を低くして、瞳の色は煉術(れんじゅつ)で変えた。男性らしい振る舞い方は、エルミラが〝銀の牙〟に伝わる変装の技術を教えてくれたしね」

「おまえとアルの入れ替わりを知ってる人間は何人いるんだ？」

「エルミラとカナレイカ、それにシシュカ。あとは宰相ダブロタ・アルアーシュ伯と父上だ。私ときみを除けば五人だね」

「たったそれだけの人数で、皇宮内の侍女たちや護衛の皇宮衛士を騙(だま)し続(つづ)けていたのか？」

「それだけの人数だからだよ。関係者が少なければ少ないほど秘密は洩(も)れにくくなるからね」

フィアールカが少し得意げに胸を張る。

ラスは眉を寄せてうなずいた。

たしかにフィアールカの言うとおりなのだろう。

皇帝と宰相ダブロタは、皇太子不在の危険性をフィアールカ以上に理解していたはずだし、カナレイカはそんな宰相の娘だ。エルミラはもともとフィアールカの影として育てられており、食い詰めた貧乏男爵家の娘のシシュカは、皇族と秘密を共有することに圧倒的なメリットがある。そんな彼女たちの協力があったから、これまでフィアールカの秘密は守られてきたのだ。

「するとやはりシャルギアのお姫様が問題になるわけか」

ラスは、フィアールカたちが直面した状況の厳しさを今さらのように理解する。

シャルギア王国のティシナ王女には、フィアールカに協力する理由がない。自分が騙(だま)されて男装皇女に嫁がされたと知ったら、怒り狂っても不思議はないだろう。

「そう。これまで守ってきた秘密が暴かれるとしたら、彼女がきっかけになる可能性が高い。相手が一国の王女じゃ、無理やり口封じするわけにもいかないしね」

フィアールカが、弱々しく苦笑して溜息(ためいき)をついた。

「皇太子の正体がバレたらどうなる？」

「今の皇家は国民の人気が高いからね。四候三伯といえども、反乱を起こすのは難しい。ただそれは、皇女が我が身を犠牲にして勝利を引き寄せたという美談と、皇太子が自ら戦場に立って都市連合国(バダイン)の侵攻を防いだ実績があるからだよ」

「実は皇太子はすでに死んでて、死んだはずの皇女が皇太子の振りをしてました——なんて事実が発覚したら、国民が一斉に反発して敵に回るかもしれないな」

「そうなると貴族たちが反乱をためらう理由はなくなるね」

「たしかにカナレイカが言ってたとおり、皇国存亡の危機だな」

ラスが苦々しげに呟いた。

皇太子アリオールの正体が、実は女性だというささやかだが重大な秘密。その小さな嘘が暴かれるだけでアルギル皇国は崩壊する。

この国の平和は、そんな危うい均衡の上に成り立っているのだ。

「というわけでティシナ王女には、なにがなんでも私たちに協力してもらわなければならない。そこできみの出番だよ、極東の種馬。きみには、ティシナ王女が協力する理由になって欲しい」

「彼女を俺に惚れさせて言うことを聞かせるのか？　そんな計画が本気で上手くいくとでも？」

「きみが商都で散々やってきたことだろう？　犯罪組織のボスの情婦を口説き落として取引の情報をつかんだり、貴族の奥方を言いくるめて不正の証拠を提出させたり」

「それとこれとは話が別だ。責任の重さが違い過ぎるだろ」

「婚約者公認で浮気ができるんだ。もっと感謝して欲しいくらいだね」

フィアールカが恩着せがましい口調で言う。

ラスは、なんとも言えない複雑な表情で沈黙した。

公式にはフィアールカ皇女はすでに死亡しているのだから、ラスとの婚約も当然無効になっている。ラスがどこで誰を口説こうと、浮気を責められるいわれはない。

しかしフィアールカの中では、今でもラスは彼女の婚約者であり、二人は相思相愛という前提になっているらしい。そしてラスがそれを否定できないのも事実だ。

「そもそもきみは、この私が惚れた男なんだよ。シャルギアの王女くらい、片手間でサクッと籠絡してくれないと困るな」

「俺をおだてるように見せかけて、おまえが傲慢なだけにしか聞こえないぞ」

「大丈夫、心配要らないさ。すべての責任は私が取るよ」

フィアールカがさらりと呟いた。

気負いのない軽薄な口調だが、その言葉にこめられた覚悟は間違いなく本物だった。

内乱による国家の崩壊を防ぐためには、アルギル皇国の国民すべてを最後まで欺き続けなければならない。フィアールカはその罪を一人で背負うつもりでいるのだ。

だが、ティシナ王女という不確定要素の出現によって、追い詰められたフィアールカはラスに頼った。余裕めいた態度とは裏腹に、彼女にはラスしか頼れる相手がいなかったのだ。

ラスはそんなフィアールカの心情に気づかないふりをして、気怠げに後頭部をかき上げた。

「それで？　俺は具体的になにをすればいいんだ？」

「一カ月後にシャルギアで、シュラムランド同盟加盟国の要人が集まる国際会議が開かれる」

フィアールカが真面目な顔つきになって説明した。

「会議には陛下の名代として私が参加する予定だ。そこで私は彼女と出会って、恋に落ちるという筋書きになっている。国民向けのゴシップではね」

「つまり遅くとも一カ月後には、俺も王女と接触することになるわけか」

「そう。だからきみには、それまでに筆頭皇宮衛士としての実績を作っておいてくれ。アルギル皇国の代表者として隣国の王女と接触しても、不自然とは思われない程度のね」

「それくらいなら、なんとかなりそうだな」

ラスが投げやりな口調で言う。

フィアールカが少し意外そうに片眉を上げた。

「なにか策があるのかい？」

「いや。だが、こっちが特になにもしなくても、向こうのほうからなにか仕掛けてくるだろ」

そう言って、ラスはつまらなそうに肩をすくめてみせた。そして自分が身につけている皇宮衛士の制服を指し示す。

菫色（すみれいろ）のフィアールカの瞳に、理解の色が広がった。

中央統合軍（セントラル）の師団長を名乗る人物が、ラスへの面会を求めてきたのは、それから四日後のことだった。

Swords of Station

第三章

種馬騎士、中央統合軍を挑発する

1

「退屈だな、カナレイカ」

ソファにだらしなくもたれたラスが、ぼんやりと窓の外を眺めて呟いた。

宮殿の監視塔内にある皇宮衛士の控え室だ。書類仕事を行うための机と、几帳面に整理された資料棚。あとは最低限の家具が置かれただけの殺風景な部屋である。

部屋にいるのはラスとカナレイカの二人だけだ。黒い仮面をつけて男装したフィアールカは、朝からずっと休みなく皇太子としての公務に駆り出されている。

表御殿にある彼女の政務室には担当の皇宮衛士たちが護衛についているため、ラスはすっかり手持ち無沙汰になってしまったのだった。

「すみません、ラス。本来なら筆頭皇宮衛士であるあなたが部隊の指揮を執るべきなのでしょうが、なにぶん突然のことだったので組織の改編が間に合っていないのです」

カナレイカが生真面目な口調で謝罪する。

書類の上では、近衛師団の師団長は、皇太子アリオールが務めることになっているらしい。

皇族にはよくある話だが、形式的な肩書きだけの指揮官だ。

従って実際に近衛師団の指揮を執るのは、連隊長であるカナレイカの仕事である。暇を持て余しているラスとは対照的に、彼女は面倒な事務作業を黙々とこなしている。

そのことに居心地の悪さを感じないわけではないのだが、だからといって、ラスに手伝えることがあるわけでもない。

「それはべつに構わないが、急ぎの仕事がないのなら、俺は商都に戻っても構わないか？　フォンに挨拶もせずに皇宮に連れてこられたからな。せめて事情を知らせておかないと、あとが面倒だ」

ラスがやる気のなさを滲ませた声で提案する。

皇都ヴィフ・アルジェから商都プロウスまでの距離は二百キロほど。さすがにひと晩で往復するのは空搬機でも使わなければ不可能だが、行って帰るだけなら民間用の輸送車でも二日あれば充分だ。

「フォン・シジェルが、あなたを心配しているということですか？」

カナレイカが少し意外そうに眉を上げた。

ラスは黙って首を振る。

「いや、俺が借金を踏み倒して逃げたと思って今頃は怒り狂ってるはずだ」

「借金？」

「娼館のツケとか、いろいろとな。いくら弟子だからって、タダで養ってくれるような人情家じゃないんだよ、あの守銭奴は」

「そう……ですか」

カナレイカが納得したようにうなずいた。師匠である剣聖フォン・シジェルの下で、ラスが様々な仕事を請け負っていたという事情を思い出したのだろう。

「借金についてはどうかわかりませんが、あなたが皇宮にいることは、フォン・シジェルにも伝わっているはずです。彼女の店に私の部下を使いに出してありますから」

カナレイカが、ラスを安心させるように真面目な口調で言う。

しかしラスの瞳に浮かんだのは、より深刻な不安の色だった。

「……部下？　男か？」

「ええ。さすがに女性衛士を娼館に派遣するわけにはいきませんので」

「そいつは男前か？」

「は？」

「ヤバいな。下手すると、そいつ、喰われるぞ？」

「く、喰われる？　いったいそれはどういう意味です？」

カナレイカが戸惑いの表情で訊き返す。ラスは静かに首を振った。

「可哀想だが、もう手遅れかもな。皇宮衛士の男をフォンの店に派遣するなんて、餓えた蜥蜴の巣に生肉を放りこむようなもんだ」

「そんな……ですが、彼に限って……」

「そういうタイプがいちばん危険なんだ。身を持ち崩す前に戻ってこられたらいいが……まあ、それはそれで幸せか。とりあえず、フォンのことはしばらく放っておいても大丈夫そうだな」

「私の部下の貞操が、大丈夫ではない気がするのですが……！」

カナレイカが額に浮いた汗を拭って目を閉じる。

一方のラスは、肩の荷が下りたというふうに晴れやかな表情で身体を伸ばした。

「すると本格的に暇になったな。皇都の観光にでも出かけてくるか？」

「それよりも剣の修練はどうですか？　よければ私がお相手しますが？」

「修練……か。あまり気が乗らないな」

カナレイカの提案に、ラスは渋い顔をする。

「なぜです？　私では相手として不足ですか？」

「いや。きみは強いよ、カナレイカ。近衛師団最強という肩書きも納得だ。フォンの店の娼婦たちが相手でも、そこそこ対等に渡り合えるんじゃないか？」

「気になることを言いますね」

カナレイカが警戒したように表情を硬くした。

「フォン・シジェルの店の娼婦というのは、つまり剣聖の弟子ということですか？　私と同等以上の煉騎士を、フォン・シジェルは何人も育てていると？」

「ひとまず連中が皇国の敵に回るようなことはないから安心してくれ。人間を相手にするだけなら、そもそもフォンの剣技なんて必要ないしな」

「人間相手の技ではない？　だったら、剣聖の技はなんのためにあるのです？」

「決まってるだろ。人間には倒せないものを倒すためだよ」

ラスが素っ気ない口調で言う。

その瞬間、抑えきれずにうっすらと洩れ出したラスの殺気に、カナレイカが身を固くした。

煉騎士が本来戦うべき相手は人間ではない。人類の生存を脅かす魔獣たちだ。

煉術や石剣、そして狩竜機――それらはすべて、非力な人類が魔獣に抗うための道具として生み出されたものなのだ。

そしてラスのその言葉は、アルギルの皇族を守るためだけに戦う皇宮衛士への痛烈な批判でもある。だからラスは、カナレイカ相手の修練には気が乗らないと言ったのだ。

「なるほど。興味深いですね」

気圧されたようにしばらく沈黙していたカナレイカが、静かな声で呟いた。いつもどおりの生真面目な表情だが、彼女の瞳はキラキラと輝き、頬が軽く上気している。

「わかりました、ラス。やはり修練場に行きましょう」

「話を聞いてたか？　俺は気が乗らないって言ったんだが？」

「はい。ですから、修練するのは私です。あなたは私に稽古をつけてくだされば、それで結構。いえ、そうですね……せっかくですから、非番の部下たちも呼び出して参加させましょう」

妙な気合いに満ちたカナレイカに、今度はラスが困惑する番だった。どうやら彼女はラスの言葉に感動して、さっそく影響を受けているらしい。

そんなにも簡単に言いくるめられてしまって、大丈夫なのか、チョロすぎないか、とラスは呆れると同時に、カナレイカの将来が心配になる。

しかし彼女に対する皮肉を口にしようとして、ラスはその言葉を呑みこんだ。

見知らぬ二人の男たちが挨拶もなく、皇宮衛士の控え室に入ってきたからだ。

「おや、近衛師団最強と謳われるアルアーシュ殿に稽古をつけるとは、たいしたものですな」

立ち聞きしていたことを隠そうともせずに、男がラスたちの会話に割りこんだ。

たてがみのような見事な髭を蓄えた、赤毛の中年男性だ。男の背後に付き従っているのは、がっしりとした体格の青年である。

彼らが着ているのは、黒地に銀の厳めしい軍服。中央統合軍の制服だ。

「我々にも、是非、一手ご指南いただきたいものです、ラス・ターリオン筆頭皇宮衛士殿」

髭面の男が、ラスを見てニッと野太い笑みを浮かべる。

彼の襟元で輝いているのは、師団長の地位を表す徽章だった。

2

「ハンラハン師団長？　どうしてこちらに？」

カナレイカが、髭面の男を見上げて質問した。

アルギル中央統合軍は、皇国の皇帝直轄軍だ。

先の紛争で多くの戦力を失ったとはいえ、彼らは今でも、アルギル国内のすべての方面軍の中で最大の規模を誇っている。

皇宮近衛師団とは指揮系統が異なるものの、両者の関係は緊密で、カナレイカを含む皇宮衛士の多くが中央統合軍の出身だった。

とはいえ、師団長クラスの人間が、用もなく近衛連隊の隊舎を訪れるようなことは滅多にない。なんらかの緊急事態が起きたのではないかと、カナレイカが身構えたのはそのせいだ。

「ああ、いや。失礼した、アルアーシュ殿。邪魔をするつもりはなかったのですが、興味深い話が聞こえてきたので、つい」

カナレイカの不安を払拭するように、髭面の男は豪快に笑った。

そして彼は、ソファに座ったままのラスへと右手を伸ばす。

「某は、ガヘリス・ハンラハン。中央統合軍第二騎兵師団の師団長をやっております。貴殿の叔父上、ケネト・クレーフェ子爵とは士官学校の同期でしてな、貴殿の噂も聞いておりますぞ」

「それはどうも」

ハンラハンの挑発的な言葉を無視して、ラスは差し出された右手を握り返した。煉気で強化された握力で、ハンラハンがラスの手を握り潰そうとしてくるが、ラスはそれを平然と受け止める。

ハンラハンの体内の煉気を乱して、彼の肉体強化を無効化したのだ。

ラスの叔父――ケネト・クレーフェ・ヘルミヒオンと同期ということは、ハンラハンはまだ三十代半ばということになる。ラスは、むしろそのことに驚いた。

師団長として若すぎるからではない。彼の外見がそれよりも十歳は老けて見えたからだ。

ラスがそんな失礼なことを考えているとはさすがに知るよしもなく、ハンラハンがニヤリと歯を剥いた。

表情も変えずに自分の握手を受け止めたラスを、相応の実力者だと認めたらしい。

「なるほど。アリオール殿下の酔狂かと思いましたが、なかなかどうして。上位龍殺し、案外、まぐれでもなかったということですかな？」

「なんのことだか、わからないな、師団長」

ラスは涼しげな表情で、ハンラハンの言葉を受け流す。

そんなラスたちのやりとりを黙って見ていたカナレイカが、コホンと小さく咳払（せきばら）いした。

「ハンラハン殿。筆頭皇宮衛士（ガード・オブ・シルバー）に対して無礼であろう？」

「もっともですな。いや、ターリオン殿、重ね重ね失敬した」

ハンラハンは悪びれることなくうなずくと、勧められたわけでもないのにラスの正面のソファにどっかりと腰を下ろした。

「お邪魔したのは、ほかでもない、貴殿に頼みがありましてな」

「頼み？」

「然様（さよう）。といっても、たいした用ではありません。貴殿に、我が師団の煉騎士（れんきし）たちと手合わせを願いたいのです、ターリオン殿」

不敵な表情を浮かべて、ハンラハンがラスの顔をのぞきこんでくる。

ラスは軽く目を眇（すが）めながら、中央統合軍の師団長を見返した。

「俺の実力を知りたいということか、師団長殿？」

「有り体に言えば、そうですな」

ハンラハンは、ラスの言葉をあっさりと認めた。

「皇宮衛士とは、中央統合軍（セントラル）の将校の中から、特に技量と人格に優れた者が選ばれるもの。ましてや銀の護り手ともなれば、誰もが納得できるだけの人望と実績が必要となりましょう。ですが、我らは貴殿の実力を噂でしか知りません」

「師団長殿の言うことはもっともだな」

ラスが、愉快そうに口角を上げて足を組み替える。

「それで、納得できなければどうする？　陛下に、俺が肩書きに相応しくないと訴えるか？」

「いやいや、さすがに陛下のご決断に異を唱える勇気はありませんな」

ハンラハンは、おどけたような態度で首を振った。

「ただ、それでは部下たちの気がどうにも収まらないということで、某も頭を痛めておりましてな。そこで、こうしてお願いに上がったわけです」

「人格や人望はともかく、せめて煉騎士としての技量だけでも示せ、というわけだな」

「要はそういうことですな」

ハンラハンはそう言って肩をすくめると、自分の背後に立っている部下に目を向けた。

ラスとほとんど年齢の変わらない若い煉騎士だ。長身のラスよりもさらに背が高く、肩幅も広い。膨れ上がった二の腕の筋肉で、制服の袖がはち切れそうだ。

「彼は？」

ハンラハンの部下を見上げて、ラスが訊く。

大柄な青年煉騎士は、上司の紹介を待たずに自ら口を開いた。

「クスター・ファレル中尉であります。貴公と手合わせを願いたい、ラス・ターリオン殿」

「中尉……銀級騎兵か……」

ラスは青年を値踏みするように一瞥（いちべつ）した。

騎兵――すなわち、軍属の狩竜機乗り（シャスールの）となった煉騎士（れんきし）は、一定の見習い期間を経て色つきの階級章（ウーバーグ）を与えられる。

上から金銀銅、そして白青黒赤緑（WUBRG）。

銀級騎兵は、最上位の金級騎兵に次ぐ二番手の地位。

つまりクスターは、すでにかなりの実戦をこなし、功績を上げているということだ。有望な若手の出世株といったところだろう。

しかしラスは、そんなクスターを哀れむように首を振る。

「惜しいな」

「は？」

「煉術師（れんじゅつし）になる気はないか？　騎兵師団を辞めろとは言わないが、剣と並行して煉術（れんじゅつ）を覚えてみるといい。なんなら、いい師匠を紹介するぞ？」

「貴公……いったいなにが言いたいのだ」

クスターが苛立（いらだ）ったようにラスを睨（にら）みつけた。

狩竜機乗り（シャスールの）という肩書きに彼が誇りを持っていることは、鍛え抜かれた肉体が物語っている。

それを真っ向から否定されたのだ。クスターが憤るのも無理はない。

　しかし煉気で肉体を強化する煉騎士に、過剰な筋肉は必要ない。人間がどれだけ鍛えても、筋力では魔獣に決して勝てないからだ。筋骨隆々としたクスターの肉体は、煉気による肉体強化の効率の悪さの裏返しでもある。

「煉騎士としての才能がないわけじゃないが、体質的に向いてない。おそらくそれ以上の急激な成長は望めないはずだ。自分でも伸び悩みを感じているんじゃないのか？」

「俺を愚弄する気か？」

「本来の素質が勿体ないと言ってるのさ。だが、まあいい。きみの人生だ。好きにしろ」

　クスターの怒りをあっさりといなして、ラスは再びハンラハンに向き直った。

「話はわかったよ、師団長。第二師団との模擬戦を受けよう」

「いいのですか、ラス？　いえ、たしかに近衛師団と騎兵連隊の交流戦は、定期的に行われていることですが……」

　カナレイカが驚いたようにラスを見る。面倒くさがりのラスが、第二師団相手の試合につき合うと言い出したのが意外だったのだろう。

「遅かれ早かれ、こんなことになるだろうと思っていたからな。共に皇国に仕える煉騎士として、信頼関係の育成は重要だろう？」

　妙に胡散臭い笑顔でそう言って、ラスはハンラハンに明るく問いかけた。

「それで、俺は何人斬ればいいんだ？」

無言でラスを睨み続けていたクスターが、怒りに顔を紅潮させた。第二師団の煉騎士が何人いても自分の相手にはならないと、ラスは遠回しに伝えているのだ。

「なっ……⁉」

「貴重な軍の戦力をなるべく減らしたくはないんだが、寸止めや判定で俺が勝っても、納得しないやつが必ず出てくるだろう？　となれば、真剣での勝負しかないと思うが？　当然、それくらいの覚悟はあるんだろうな？」

「ふむ」

ラスの言葉に、ハンラハンが低く唸る。

第二師団の煉騎士がラスに勝てないかどうかはともかくとして、判定勝ちでは納得しない、という意見には一理あると認めたのだ。

「では、狩竜機を使った模擬戦ではいかがかな？　操縦席への攻撃を禁じれば、最悪でも命を落とすようなことはありますまい」

「俺はそれでも構わないが、動かせる狩竜機が手元にない。商都から無理やり連れてこられたばかりでな」

ラスが咎めるような視線をカナレイカに向けた。

カナレイカは、バツが悪そうに目を逸らす。

狩竜機は単なる兵器ではない。

少なくとも銘入りの狩竜機に限れば、貴族にとっては爵位と同様の価値を持つ。狩竜機を操り、魔獣から領民を守ることこそが、貴族の義務とされているからだ。

ゆえに皇都の騎兵師団に配属された貴族の子弟は、自らの領地から狩竜機を連れてくるのが慣わしである。

先祖より伝わる狩竜機と共に、彼らは皇帝に忠誠を誓うのだ。

しかし拉致同然に皇都に連れてこられたラスが、狩竜機を持ってきているはずもない。ラスの乗機は、商都にあるヴェレディカ家の別宅に今も残されたままだった。

「中央統合軍の演習機があります。無銘の量産機ですが、それでもよければ用意しましょう」

ハンラハンが、意外にもしぶとく喰い下がる。

「……いいのか？　あんたたちの予算も、潤沢というわけではないんだろ？」

ラスは意外そうな表情で訊き返した。

狩竜機は恐ろしく高価な兵器だ。模擬戦を行えば機体が損傷するのは避けられないし、修理には相応の費用がかかる。皇帝直轄部隊の中央統合軍といえども、気軽に支払える金額ではないはずだ。

「そうですな。五機……六機までなら、師団の予備費でどうにかしましょう」

ハンラハンは眉間にしわを寄せつつも苦笑した。多額の費用を負担することになっても、ラスの実力を確認するほうが有意義だと判断したらしい。

「そうか。では、一機は俺が使わせてもらう。残りの五機は、第二師団の煉騎士で使ってくれ。五連戦でも、総掛かりでも構わない」

「貴殿一人で五人を相手するおつもりか？　アルアーシュ連隊長の手を借りるまでもないと？」

ハンラハンが不快げに声を低くした。

ラスの発言は、第二師団の煉騎士が五人がかりでなければ自分とは勝負にならないと告げたも同然だ。師団長であるハンラハンとしては面白かろうはずもない。

しかしラスは当然だというふうにうなずいて、

「筆頭皇宮衛士の実力を見せるためには、それくらいはしなければな」

「舐めやがって……！」

クスターが激昂して呟きを洩らす。

そんなクスターに目を向けて、ラスはどことなく含みのある表情を浮かべた。

「ああ、そうだ、ファレル中尉。きみには姉か妹はいないのか？　もしいるのなら、ぜひ紹介してもらいたいんだが。ああ、もちろん俺が模擬戦に勝ってからで構わない」

「貴様……！　まさかこの勝負に俺の姉上を賭けろというのか⁉」

ラスの発言を勝手に解釈して、クスターの顔が怒りに赤黒く染まる。

「極東の種馬(ザ・スタリオン)……やはり噂(うわさ)どおりの男のようだな！　我ら第二騎兵師団は、貴様のような下劣な人間を筆頭皇宮衛士とは認めぬ！　この俺が貴様を必ず斬る！」

「口を慎め、ファレル中尉」

　ハンラハンが部下をたしなめた。うっすらと怒りを滲(にじ)ませているのはハンラハンも同じだが、彼の場合は、それがラスの挑発だと気づいているのだろう。

「いいでしょう、ターリオン殿。では、明日の夕刻四時に、第二師団の演習場でお待ちする」

「ああ。中央統合軍(セントラル)の煉騎士(れんきし)の実力、楽しみにしてるよ、師団長」

　部屋を出て行くハンラハンたちを、ラスは涼しげな笑みを浮かべて見送った。

　そんな男たちの様子を眺めて、カナレイカは深い溜息(ためいき)をこぼすのだった。

3

　第二騎兵師団の演習場があるのは、皇都の郊外。皇宮から四十キロ近く離れた土地だった。

　カナレイカが手配した車両に乗って、ラスたちはその演習場へと移動する。

　皇都を取り囲む市壁をくぐると、その先に広がっているのは岩と砂だらけの不毛の土地だ。

　それでも近くを大河の支流が流れ、巨大な湖があるだけでも皇都は恵まれているといえる。

　アルギル皇国の領土における砂漠化した土地の割合は、八割以上。残りの多くも高山などの険しい地形であり、人間が住むのに適した土地はほんの一割にも満たないからだ。

そして砂漠化に苦しんでいるのは、アルギル皇国に限った話ではない。ダナキル大陸にある国家は、どこも同じような問題を抱えている。

大陸全体でみれば森林地帯の面積が半分以上を占めているのだが、そのほとんどは人類が足を踏み入れることの叶わない魔獣たちの棲息圏。すなわち龍種の縄張りなのだ。

この大陸の支配者は龍であり、人類は彼らの存在に怯えながら細々と生きる弱者に過ぎない。

この乾いた景色を眺めるたびに、ラスはその絶望的な事実を思い出す。

「いったいなにを考えているのですか、ラス？」

それまで無言で運転を続けていたカナレイカが、不意にラスに問いかけた。ちょうど第二師団の演習場の入り口を示す、立て看板が見えてきたタイミングだ。

「模擬戦を申しこんできたのは、第二師団のほうだろ。俺が責められるのは心外だ」

ラスは不満顔で抗議する。カナレイカの言葉が刺々しい理由が、今回の模擬戦にあるのは考えるまでもなく明らかだった。

案の定、彼女は呆れたように眉をひそめながら、横目でラスを睨みつける。

「だとしても、なぜあんな無謀な条件を出したのですか？　五対一で戦うなんて。相手は街のチンピラではなく、中央統合軍の煉騎士なのですよ？」

「模擬戦に使える予算が六機分と言われたからな。五機まとめてぶっ壊しておけば、当分の間、模擬戦を挑まれるようなことはなくなるだろ。面倒な作業は一度に片付けないとな」

「え？　本当にそんな理由で……？」

カナレイカが呆れたように目を見張った。

しかしラスにしてみれば切実な問題だ。何度も中央統合団の煉騎士に難癖をつけられて、そのたびに模擬戦に駆り出されては鬱陶しくて仕方がない。

逆にわかりやすい形で実力差を見せつけてやれば、彼らに煩わされることも減るだろう。たとえ彼らが雪辱戦を挑もうとしても、予算がなければ狩竜機を動かすことはできないからだ。

ただしラスが模擬戦で負ければ、更にややこしい状況になるのも事実である。それを思えば、カナレイカが不安を抱くのはむしろ当然のことだった。

「そういえば、第二騎兵師団というのはなんなんだ？　俺が中央統合軍にいたころにはなかった気がするんだが……」

ラスがふと興味を覚えて訊き返す。

十七歳で士官学校を卒業して、ユウラ紛争後に退役するまでの二年間、ラスも形の上では中央統合軍に所属していた。

ただし、ラスがいたのは皇都の主力部隊ではなく、実験的な特殊部隊だ。それもあって中央統合軍の内部事情には詳しくない。

「第二騎兵師団は、ユウラ紛争の終結後に殿下の発案で編成された新しい組織です。中央統合軍(ル)の兵は優秀ですが、いかんせん実戦経験が不足していましたから」

「なるほど。第二師団は実戦部隊というわけか」

皇帝の楯(たて)と呼ばれる中央統合軍(セントラル)の騎兵部隊は、その性質上、皇都を離れる機会が多くない。交易路の治安維持を担当する四侯領や、国境地帯の防衛を担(にな)う三伯領の領軍が頻繁に実戦に駆り出されるのと対照的に、中央統合軍(セントラル)の兵士たちは戦場に出た経験が極端に乏しかったのだ。

その結果、初めての大規模な戦闘となったユウラ紛争で、中央統合軍(セントラル)は思わぬ苦戦を強いられることとなった。

不確かな情報。意思決定の混乱。補給の遅滞。そしてなによりも問題になったのは、慣れない実戦で兵士たちが本来の実力を発揮できなかったことだ。

その反省から創設されたのが、皇都の防衛にこだわらず、各地の戦場に積極的に投入される第二師団ということらしい。

そうやって経験を積んだ第二師団に鍛えられる形で、第一師団の練度も向上する。

フィアールカの好きそうな、合理的な改革だ。

「なかでもハンラハン師団長は、豊富な経験と実績を買われて南海方面軍から引き抜かれた歴戦の勇士です。あなたの実力を知らしめるだけなら、彼と一対一で戦うだけで充分でした」

カナレイカが溜息(ためいき)まじりに呟(つぶや)いた。

南海方面軍は、皇国南端の南海伯領が誇る国境守備隊だ。

橙海に出没する海賊の討伐や他国の国境侵犯に対応するため、特に実戦の機会が多いことで知られている。

その南海方面軍で実績を上げたというハンラハンが、皇国屈指の実力者であることは間違いない。彼と互角に戦うことができれば、筆頭皇宮衛士としてのラスの資質に文句をつける者も減るだろう。

だが、結果的に模擬戦に駆り出されると決まった以上、ラスはその程度で満足するつもりはなかった。

シャルギアの王女を口説き落とすためには、極東の種馬の悪名を吹き飛ばすほどの圧倒的な戦果が必要なのだ。

「ガード・オブ・シルバーとしての実績を作っておくと、フィアールカとも約束したからな。ただの模擬戦でも、やるなら派手なほうがいい」

「あちらの銀級騎兵を挑発したのも、そのためですか」

カナレイカが、ラスの言葉を咀嚼するように沈黙した。

「だとしても、やはり無謀です。生身の試合ならともかく、狩竜機戦ですよ？　機体の消耗や粒子切れにはどう対応するつもりです？」

「そこは乗り手の腕でカバーするさ」

ラスが無責任な口調で答えた直後、巨大なドーム状の建物が正面に見えてきた。狩竜機の整備場を兼ねた格納庫だ。

　広々とした格納庫の中には二十機ほどの巨大な人形たちが、片膝を突いた姿で整列している。その周囲を忙しなく行き交っているのは、整備を担当する技官たちだ。

　格納庫の前で車を止めたカナレイカに気づいて、技官の一人が近づいてくる。ひょろりと痩せたボサボサの髪の青年だ。

「お待ちしていました、アルアーシュ隊長代理」

「イザイ、今日は世話になります」

　丁寧な物腰の技官に向かって、カナレイカが挨拶した。

　互いの信頼を感じさせる親しげな口調だ。

「ラス、彼はイザイ。調律師です。中央統合軍の狩竜機はすべて彼が手がけているんです。近衛師団の機体も彼が」

　カナレイカに紹介された青年技官は、少し困ったように頭をかいた。そしてラスに向かって親しげに呼びかける。

「ラス、久しぶりだね。筆頭皇宮衛士になったという噂は本当だったんだ？」

「まあな。そっちも元気そうだ、イザイ」

「お二人は知り合いなのですか？」

　懐かしげに言葉を交わすラスたちに、カナレイカが怪訝な表情で訊いた。

「俺が特駆にいたころの同僚だよ」

「特駆……ですか？」

ラスの返事に、カナレイカが首を傾げる。

特駆という名は通称だし、すでに存在しない部隊なのだから、南大陸に留学していた彼女が知らないのも無理はない。

そしてラスとイザイもあえて説明しようとはしなかった。

今はそれよりも優先すべき作業があるからだ。

「狩竜機を貸してもらえると聞いたんだが？」

「この格納庫にある狩竜機は、どれでも好きな機体を使っていいという許可が出てるよ。ラスが自分で選んだ機体なら、あとで整備不良だったなんて言い訳ができないだろうから、と師団長が」

イザイが格納庫の中を見回して言った。

格納庫内にある約二十機の狩竜機は、そのほとんどがいつでも動ける状態で待機している。

ラスに機体を選ばせるのは、わざと調子の悪い機体をラスにあてがうような小細工をする気はないという意思表示なのだろう。

「あんな顔のわりに細かい気配りができる人なんだな」

「失礼だよ、ラス」

感心したように呟くラスを見て、イザイが少し慌てたように首を振った。

人が好く、やや気が弱いのはラスが知っている昔のイザイのままだ。

それでいて彼の整備の技術は一流である。中央統合軍の狩竜機の管理を一任されるのも納得だ。

狩竜機の全高は約九メートル。

その流麗なシルエットは、兵器というよりも高価な美術品のように見える。

喩えるなら、豪華なドレスと鎧をまとった女性の彫像だ。

もうひとつの特徴は、機体の肩や背中から突き出した翼や刃のような突起である。

格納庫内にある狩竜機はすべて同型機だが、それぞれ突起の数や形状が違う。

その突起の仕様によって、狩竜機が得意とする戦術が変わるのだ。

「ジェントか。懐かしい機体だな」

格納庫の狩竜機を見上げて、ラスがぼそりと言った。

ジェントは南大陸から輸入した汎用狩竜機。アルギル皇国では広く流通している数打ちの大量生産品だ。

ラスにとっては士官学校時代から何度も乗っている馴染み深い機体である。

「さすがにエリシアの使用許可は出なくてね」

イザイが苦笑しながら言った。

エリシアは、ジェントの後継として配備が始まったばかりの新型機だが、騎兵師団すべての機体を入れ替えるには圧倒的に数が足りていない。

そんな貴重な機体を、模擬戦なんかで壊すわけにはいかない、という判断なのだろう。

「構わないさ。こいつにしよう。イザイ、調整（チューニング）を頼む」

「いいのかい？　ここにある中でも、かなり古い機体だけど？」

イザイが面白がるような表情で確認する。

ラスが指定したのは、整備場内にある狩竜機（シャスール）の中で、もっとも年季の入った機体だった。

性能が大きく劣るわけではないが、そのぶん旧式であることに利点もない。そんな老朽化した機体をラスがあえて選んだことに、イザイは興味を惹（ひ）かれたらしい。

「整備は済ませてあるんだろ？　だったら問題ない」

「わかった。すぐに準備するから、少し待っててくれ」

調整用の工具を用意するために、イザイが整備場のロッカーのほうへと走っていく。狩竜機（シャスール）の性能を十全に発揮するため、ラスの身長や手脚の長さに合わせて、操縦席の位置を微調整するのだ。

「本当にあなたはなにを考えているのか……」

カナレイカが周囲に聞こえないように小声で話しかけてくる。ラスが、わざわざ老朽化した機体を乗機に選んだことが不満なのだろう。

「本当に信じて大丈夫なのですね、ラス？　あなたがここで敗北するようなことがあれば、殿下の計画にも大きな狂いが生じてしまうのですよ？」

「そうか。たしかにそれは困るな」

ラスが他人事（ひとごと）のような無責任な口調で呟（つぶや）いた。

カナレイカはますます困ったように顔をしかめるのだった。

4

フィアールカ・ジェーヴァ・アルゲンテアは民衆の間で、銀の花と呼ばれていた。

美しく聡明（そうめい）で誰よりも慈悲深い花の皇女。

性別や肩書き、身分を問わず、多くの若者が彼女に憧れた。

中央統合軍（セントラル）の銀級騎兵、クスター・ファレルもそんな皇女の信奉者の一人だ。

入校時期が違ったせいで実際に言葉を交わす機会はなかったが、士官学校時代に校内で目にした彼女の姿は、今も脳裏に焼きついている。

いずれは皇宮衛士（インペリアルガード）になって彼女に仕えることがクスターの目標であり、そう思えばこそ騎兵としての修練にも身が入った。

しかしクスターは、自分が彼女の恋愛対象になることはないと知っていた。

皇女にはすでに婚約者がいたからだ。

ラス・ターリオン・ヴェレディカ極東伯令息——

極東伯家の三男であり、皇太子アリオールや皇女フィアールカの幼なじみ。

座学の成績はもちろん煉騎士（れんきし）としての実力も飛び抜けており、腹立たしいことに凄（すさ）まじく顔がいい。花の皇女と並んで見劣りしない男など、双子の兄である皇太子を除けば、あの男くらいのものだった。

嫉妬しなかったといえば嘘（うそ）になる。

だが、ラスを憎いと思ったことはなかった。

彼と一緒にいるときの皇女が、幸せそうに笑っていることを知っていたからだ。

二年前、皇女が戦闘で命を落としたときも、ラスを責める気にはなれなかった。

フィアールカは皇国を救うために龍の生贄（いけにえ）となり、ラスは龍を殺して彼女の仇（かたき）を討った。哀（かな）しくも美しい結末だと思った。そこで物語が終わっていれば。

しかし現実はそうではなかった。

中央統合軍（セントラル）を退団したラスは、それからほどなく娼館（しょうかん）に入り浸り、数多（あまた）の浮名を流すようになったのだ。

婚約者を失った哀（かな）しみで身を持ち崩したのだという同情の声も、それが半年、一年と続くうちに非難の渦へと変わった。

その結果、ラスにつけられた異名が極東の種馬(ザ・スタリオン)だ。

そのようなラスの生き様を、死んだ皇女に対する裏切りだと感じる者は多かった。

己の半身である妹を失った皇太子アリオールが、哀(かな)しみを乗り越え、精力的に国政に関わっていたせいで、余計にラスへの批判は高まっていく。

そのラスが、こともあろうに筆頭皇宮衛士(ガード・オブ・シルバー)の肩書きを与えられて皇都に戻ってきたのだ。

それを許せないと感じたのは、当然、クスターだけではなかった。

今回のラス相手の模擬戦は、その鬱憤を晴らす絶好の機会である。模擬戦に参加する煉騎士(れんきし)たちの士気は、かつてないほどの盛り上がりを見せていた。

『クスター……クスター・ファレル。聞いているのか？』

狩竜兵装(シャスール・ダシエ)〝ジェント〟の操縦席に、僚機からの通信が流れ出す。

声の主は銅級騎兵のアートス・カリオ。

クスターの同期で、今回の模擬戦の参加者だ。

「アートスか。なんだ？」

『なんだじゃないだろう。作戦を聞かせろ。模擬戦の開始まであと五分もないんだぞ。あの種馬野郎は、本当に五対一で構わないと言ったんだな？』

「ああ。一対一の五連戦でも、総掛かりでも構わないそうだ」

クスターが突き放すような声で言う。

時間が経(た)って冷静になったつもりだが、言葉にすると再び苛立(いらだ)ちがこみ上げた。

ラス・ターリオンの発言は、第二騎兵師団に対する侮辱も同然だ。

思い出すだけで怒りに手が震える。

『安い挑発だな。それとも負けたときの言い訳にでもするつもりか？』

皮肉っぽい口調で呟(つぶや)いたのは、同じく銅級騎兵のスティーグ・ステニウスだった。

たしかにそういう考え方もできるな、とクスターは少し感心する。

『それで、どうする？　誰から行くんだ？』

アートスがクスターを急(せ)かすように訊(き)いた。

クスターたちの狩竜機(シャスール)はすでに演習場に到着しているが、模擬戦が始まるまでの時間はほとんど残っていない。

いまだに戦術についての打ち合わせすら終わっていないのは、五対一という変則的なルールに惑わされ、全員が少なからず混乱していたせいだろう。

だからといって複雑な戦術が必要な状況でもない。

クスターは少し考えて、静かに告げた。

「いや、全員で一斉に出る。ただし、攻撃を仕掛けるのは一人ずつだ」

『どういうことだ？』

「ラス・ターリオンの目論見(もくろみ)は、俺たちの同士討ちを誘うことだろう。実際に狩竜機(シャスール)一体を五体で追い回せば、事故が起きる可能性は低くない」

『ふん。たしかにな……』

「だからといって一対一で正面からぶつかるのは危険だ。やつは腐っても上位龍殺しだからな。猛禽龍クラスの魔獣を相手にするつもりで行動したほうがいいだろう」

内心の葛藤を抑えて、クスターが続ける。

猛禽龍は、小型だが俊敏で高い攻撃力を持つ狩竜機の天敵だ。

全高七、八メートル級の下位龍とはいえ、狩竜機単騎で倒すのはほぼ不可能で、小隊単位での討伐が求められる敵だった。

『五体の狩竜機が同時に戦場に立っていれば、一対一で戦っていても、種馬野郎は背後を常に警戒しなければならない――というわけか』

スティーグがいつもの皮肉な声で笑った。

「そうだ」

『悪くない作戦だ。それで、誰が最初に行くんだ？』

「重装甲装備の俺の機体が、ラス・ターリオンの動きを止める。そのあとはやつにいちばん近い機体が攻撃役だ。ただし、全員、深追いはするな。一撃離脱で相手の消耗を誘う」

『そいつは気に入らないな、クスター』

クスターたちの通信に割りこんできたのは、四人目の模擬戦参加者であるニーロ・ヒレラだった。中央統合軍入隊時の成績が僅差だったこともあり、なにかとクスターに対抗意識を燃やしている面倒な男だ。

　しかし彼もクスターと同格の銀級騎兵であり、狩竜機戦の実力は文句なしに一級品である。

『二年も実戦から離れて娼館に入り浸っていた人間を相手に、いくらなんでも慎重すぎるぞ。貴様、姉の貞操を賭けているせいで怖じ気づいてるんじゃないだろうな？』

「なにが言いたい、ニーロ？」

『俺は勝手にやらせてもらう。だいたい種馬の目的が負けたときの言い訳作りなら、五人がかりで攻撃を仕掛けた時点で、やつに手を貸したようなものだろうが』

「……わかった。好きにしろ」

　クスターは素直に彼の提案を受け入れた。

　ニーロの意見にも一理あると認めたからだ。

『そうするさ』

　一方的にそう言って、ニーロは通信を切断する。

　クスターは軽く溜息をついて、最後の模擬戦参加者へと呼びかけた。

「おまえはどうする、リク？」

『僕の機体は支援装備だし、クスターくんの作戦に参加するよ。ニーロくんには悪いけど、彼が最初に突っかけてくれれば、ラスさんの手の内が見られるかも知れないしね』

銅級騎兵であるリク・キルカが、落ち着いた控えめな口調で言った。

温和で慎重な性格のリクは、部隊の中で軽く見られることも少なくない。

しかしクスターは彼の分析力を高く買っていた。気乗りしない様子の彼を、無理やり模擬戦に参加させたのもそのためだ。

『それに第二師団の先輩方が、誰一人この模擬戦に参加しようとしなかったことが気になってるんだ。最初は、かつての戦友に気を遣っているのかと思ったんだけど――』

「違うのか？」

『わからない。ただ、もしかしたら二年前までラスさんがいた部隊と関係あるのかもしれない』

「ラス・ターリオンがいた部隊……か」

クスターは、不意に漠然とした不安を覚えた。

ラス・ターリオンは、二年前まで中央統合軍（セントラル）に所属していた。第二師団の古参騎兵たちが、当時のラスの知り合いでも不思議はないだろう。

そしてラスの挑発的な発言を知っても、古参騎兵たちは彼との戦いを避けた。

その理由が、ラスに対する友情や同情であるなら問題はない。だが、もしも古参騎兵たちが、ラスを本気で恐れているのだとしたら――

『残念だけど、詳しく調べる時間がなかったんだ。わかったのは部隊名だけだよ。特駆（とっく）という名前に聞き覚えは……？』

「特駆（とつく）……？」

リクの疑問に、クスターは眉を寄せた。

聞き慣れない部隊名だが、なにかが意識の片隅に引っかかる。

しかしクスターの曖昧な記憶は、演習場に鳴り響いた轟音（ごうおん）にかき消された。

遠雷を思わせる重々しい振動音と、獣の唸（うな）りにも似た金属の響き――

狩竜機（シャスール）の駆動音だ。

ラス・ターリオンが操る灰色の狩竜機（シャスール）が、砂煙を巻き上げながら、演習場の北端へと現れる。

それを見た瞬間、クスターの思考から迷いは消えた。ラスへの怒りと戦意だけが、熔岩（ようがん）のように溢（あふ）れ出（だ）す。

『時間切れだね』

「ああ」

リクの言葉を肯定して、クスターは自らの狩竜機（シャスール）を起動させた。

仲間たちの機体も次々に起き上がり、演習場に向けて移動を開始する。

中央（セントラル）統合軍第二騎兵師団演習場。

直径十キロメートルを超える、広大な岩と砂だけの死の大地。

そこは、鋼鉄の機械人形だけが足を踏み入れることを許された仮初めの戦場。

狩竜機(シャスール)を駆る煉騎士(れんきし)たちの、死闘の舞台なのだった。

第四章 種馬騎士、超級剣技を使う

1

「皇宮内が少し騒がしいね。なにかあったのかな？」

執務室で休憩を取っていたフィアールカが、書類を運んできた若い文官に質問した。

皇太子からの突然の問いかけに、立ち止まった文官が気まずそうな表情を浮かべる。

「第二騎兵師団の煉騎士(れんきし)が、種馬――いえ、筆頭皇宮衛士殿と模擬戦をすることになったそうです。それで一部の者たちが、勝敗について賭けをしているようで」

「模擬戦？　皇宮内でやってるのかい？」

フィアールカが興味を示したように眉を上げた。

ラスが筆頭皇宮衛士(ガード・オブ・シルバー)の肩書きを得たことに、中央統合軍(セントラル)の兵士が反発するのは予想できたことだ。いくら皇帝直々の任命とはいえ、異例の出世であることには間違いないし、なによりもラスの評判が悪すぎた。

　とはいえ陰湿な嫌がらせに走らず、模擬戦でラスの実力を確かめようとするあたりは、腐ってもエリート揃(ぞろ)いの中央統合軍(セントラル)ということか。

「第二師団の演習場で、狩竜機(シャスール)の使用申請が出ています。なんでも筆頭皇宮衛士殿が、五機同時に相手をすると言ったとか……」

「へえ、それは面白いね……」

　変装用の黒い仮面を押さえて、フィアールカはクスクスと笑い出す。

　一カ月後に開催される国際会議でティシナ王女に近づくために、ラスは、筆頭皇宮衛士としての信頼を手っ取り早く勝ち取る必要がある。

　そんな彼にとって、今回の第二師団との模擬戦は渡りに船だ。

　だからラスは、五対一という無謀な条件を出したのだろう。

　銘入りと呼ばれる強力な狩竜機(シャスール)であれば、格下の量産機五体をまとめて相手にできる可能性はある。しかし同格の量産機同士で同じことをするのは不可能だ。煉騎士(れんきし)の技術の問題ではない。単純に機体が保(も)たないのだ。

　戦闘中の狩竜機(シャスール)は、動力源である帯煉粒子(アウロン)を凄(すさ)まじい勢いで消費する。

　狩竜機(シャスール)が全力で行動できる時間は、わずか数十秒。それを過ぎると息切れと呼ばれるパワーダウンが発生し、消耗した帯煉粒子(アウロン)が回復するまで大幅に性能が低下する。最悪の場合は行動不能に陥る可能性すらある。

一瞬で勝敗が決する狩竜機同士の戦闘においては、致命的な隙だ。

そのため戦闘中の狩竜機は、帯煉粒子の枯渇を避けるために複数の機体でチームを組んでの行動が基本になる。

帯煉粒子を使い切った機体は後退し、仲間が戦っている間に消耗した粒子を回復させるのだ。

しかし同時に五体を相手にするラスは、息切れを起こさないように動きをセーブする余裕も、帯煉粒子を回復するための休息を取ることもできない。

普通に考えれば、ラスの勝利は絶望的だ。

「やめさせますか？　第二師団の演習場なら、無線通信がつながるはずですが」

隣に控えていたエルミラが、フィアールカに小声で耳打ちする。

ラスの敗北が確定している以上、模擬戦を行う意味はない。こんなところで無様な負け方をすれば、ラスの評判は更に悪化することになるからだ。

しかしフィアールカは、少し考えて小さく首を振る。

「いいよ、エルミラ。放っておこう。それよりも賭けのオッズはどうなってるの？」

「ターリオン卿の三勝というのが、一番人気になってますね」

エルミラが一通のメモをさらりと差し出した。秘密裏に行われている賭博の賭け率をしっかり把握しているのは、諜報員である彼女の面目躍如といったところだ。

「なるほど。ラスの勝利数で投票先が分かれているわけか。この条件で三勝できると思われているのだとしたら、なかなか好意的な評価だね」

フィアールカが感心したように呟いた。

少し意外な気もするが、文官たちは、ラスを完全に侮っているわけではないらしい。上位龍殺しの実績と、皇帝が直々に筆頭皇宮衛士に任命したことが評価されているのだろう。

それでも五体の狩竜機に勝ちきれるとは、さすがに思われていないようだ。

「では、私はここに賭けるよ。手持ちが金貨しかないが、構わないかな？」

フィアールカはペンを取ると、投票先を書いたメモにサラサラと一行を書き加えた。そして取り出した金貨を一枚、エルミラに託す。

「殿下……？」

金貨とメモを受け取ったエルミラが、困惑したように眉を寄せた。

フィアールカはそんな彼女を見上げて、意味深な笑みを浮かべるのだった。

2

狩竜機は全高九メートル前後の人の形をした兵器だ。

その外観はしばしば機械人形と揶揄される。兵器としては洗練された女性的なシルエットが、操り人形を連想させるからだ。

一方で狩竜機の実際の構造は、むしろ人形よりも本物の人体に近い。

金属製の骨格の周囲に強靱な繊維状の人工筋肉を張り巡らせ、擬似煉気とも呼ばれる〝帯煉粒子〟によってその人工筋肉を駆動する。それが狩竜機の基本設計だ。

そして狩竜機の煉核機関から供給される帯煉粒子は、搭乗者の煉気に反応する性質を持っている。

煉気の制御に長けた煉騎士や煉術師が、狩竜機の搭乗者として採用されているのはそれが理由だ。彼らは煉気を循環させることで、己の肉体同然に狩竜機の巨体を制御することができるのだ。

「まあ、こんなものか。流石だな、イザイ」

狩竜機〝ジェント〟の操縦席で、ラスは満足げに独りごちる。

機体に流した煉気の手応えはしっかりしている。応答までのタイムラグも許容範囲内。外部感覚器のズレもない。わずかな調律時間しかなかったにもかかわらず、イザイはきっちりとチューニングを固めてくれたらしい。

深紅の炎に似た帯煉粒子の輝きが、ラスの機体――ジェント二十三号機の装甲の継ぎ目からうっすらと洩れている。

その輝きには、ほとんど揺らぎや偏りがない。調律が上手くいっているというだけでなく、ラスの操縦技術がそれだけ高いということだ。

よどみのない流れるような動きで、ラスの機体が立ち上がる。

余分なオプション兵装や追加装甲のない、ごく標準的な攻撃型（アタッカーがた）の構成だ。

整備台の隣に並んでいるのは、狩竜機専用（シャスールせんよう）の主力武装。

大剣、戦棍（せんこん）、戦斧（せんぷ）、短槍（たんそう）――

いずれも狩竜機（シャスール）同士の模擬戦で頻繁に使用される武器だった。

数は少ないが、銃杖（ライフル）や弩砲（どほう）などの煉術（れんじゅつけい）系の装備も用意されている。

しかしラスはそれらには目もくれず、壁に飾られていた装備に手を伸ばす。

ラスの機体を見上げていたカナレイカが、驚いたように目を見張った。

そんな彼女の反応に微苦笑を浮かべつつ、ラスは機体を演習場へと向けた。

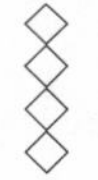

「儀礼剣……だと？」
演習場に現れたジェント二十三号機を睨（にら）んで、クスターは困惑気味に呟（つぶや）いた。
ラスの機体が装備していたのは、戦棍（メイス）でも戦槌（ハンマー）でも火砲でもなく、細身の石剣だったのだ。
灰白色の刃の長さは六メートルほど。儀仗（ぎじょう）として式典で使用される装飾付きの細剣だ。

『なんだ、あれは。やはり我々を舐めているのか……？』

アートスが唖然としたように低く唸る。

彼が憤るのも無理はなかった。儀礼剣は武器の形こそしているが、実戦で使い物になる造りではない。見映えだけを重視した華麗な刃は、あまりにも細く脆いのだ。

もちろん励起状態の石剣には、狩竜機の装甲を貫く威力がある。

しかし正面からまともに打ち合えば、同じ石剣同士であっても刃毀れは免れない。ましてや戦棍などの重い一撃を受け止めきれるはずもない。

『あり得ない。ただでさえ、一機で五機の狩竜機と戦わなければならないターリオン殿が、わざわざ耐久力のない儀礼剣を選ぶ理由がない……！』

『そう深く考える必要はないさ、リク。武器の破損も負けたときの言い訳になるからね』

戸惑うリクに、スティーグが笑いながら呼びかけた。

戦闘中の武器の破損は、装備の選択を誤った煉騎士の責任だ。敗北の言い訳にはならない。

だが、負け惜しみの材料には使えるだろう。

ラス・ターリオンという男が口先だけで世の中を渡ってきたペテン師ならば、それを使って言い逃れるくらいのことはやりそうだ。

『つくづく見下げ果てた男だな！　言い訳する余地もないくらい、完璧に叩き潰してやる！』

「待て、ニーロ！」

『俺は勝手にやらせてもらうと言ったはずだぞ、クスター・ファレル！』

クスターの制止を振り切って、ニーロの狩竜機(シャスール)――ジェント六号機が演習場の中央へと飛び出した。

後続のクスターたちを置き去りに、単騎でラスとぶつかる配置になる。

六号機の主装備は、全長十メートルにも達する巨大な戦斧(せんぷ)――バトルアックスだ。取り回しの悪い重量級の武器だが、ニーロはその大斧(おおおの)を自在に操る。武器の耐久力とリーチで劣るラスにとって、極めて相性の悪い対戦相手である。

狩竜機(シャスール)の移動速度は、巡航状態でも時速百二十キロメートル以上。戦闘時には時速三百キロメートルを超える。

演習場の中央に立つラスとニーロの距離は、瞬く(またたく)間に縮まった。

両者が激突するまで残り三十秒足らず。クスターたちはそれを見ているしかない。

『行くぞ、極東の種馬(ザ・スタリオン)――！』

猛々(たけだけ)しい咆吼(ほうこう)とともに、ニーロの六号機が緋色(ひいろ)の輝きに包まれた。

機体内に蓄積していた帯煉粒子(アウロン)を一気に解放し、狩竜機(シャスール)の加速性能を爆発的に引き上げたのだ。

狩竜機(シャスール)の全高は、平均的な人間の五倍から六倍。

その巨体が、搭乗者と同じ速度で反応する。つまり狩竜機(シャスール)の移動速度は、単純計算でも常人の五倍を超えるということだ。

　さらにニーロの六号機は、帯煉粒子（アウロン）の放出によって加速性能を底上げしている。

　その状態で振り下ろされる巨大な戦斧（バトルアックス）は、瞬間的に音速すら超えて、狩竜機（シャスール）の機体を容易（たやす）く両断するだろう。

　儀礼剣装備のラスの機体では、ニーロの攻撃を受け止めることはできない。

　正面からぶつかるのは論外だ。

　よけるとすれば、右か左の二択。しかし当然、ニーロはそれを読んでいる。ラスが逃げれば、そちらに攻撃の軌道を変更するだけだ。

　攻撃範囲の広いニーロの戦斧（せんぷ）を、ラスが完全に避けるのは容易ではない。ギリギリまで攻撃を引きつけた上で、更にニーロの予測の裏をかく必要がある。

『右か、左か……どちらに逃げる、ラス・ターリオン……！』

　ニーロが挑発的に問いかけた。最大速度で疾走する彼の狩竜機（シャスール）が、弾丸のようにラスの機体へと突っこんでいく。しかしラスは動かない。

　そして二体の狩竜機（シャスール）が激突すると思われた瞬間、ラスの二十三号機がゆらりと揺れた。

『誰が、逃げると言った？』

『なに……⁉』

　左右のどちらかに避けると思われていたラスの狩竜機（シャスール）が、迫り来るニーロの機体に向けて逆に一歩踏み出した。

帯煉粒子(アウロン)の放出量が増しているわけでも、地面を蹴って加速したわけでもない。本当にただ一歩前に出ただけだ。

『馬鹿が！　死ぬ気か……!?』

ラスの行動に意表を突かれても、ニーロが動揺することはなかった。

無防備に立ち尽くすラスの二十三号機に向かって、突っこんできた勢いのまま巨大な戦斧(せんぷ)を振り下ろす。もはやラスには、それを回避する手段はない。

あまりにも呆気(あっけ)ない幕切れを予感して、クスターたちは言葉を失った。

だが、真の驚きが待っていたのはそのあとだった。

二機の狩竜機(シャスール)が激突した直後、攻撃を仕掛けたはずの六号機が高々と空中に舞ったのだ。

『な……んだとおおぉぉ……!?』

激しく回転する操縦席の中で、ニーロが悲鳴を上げた。

亜音速で突っこんできた勢いのまま空中に投げ出されてしまっては、銀級騎兵といえどもどうすることもできない。

美しい放物線を描いて落下した六号機が、背中から地上に落下する。

轟音(ごうおん)とともに大地が揺れ、土煙がもうもうと舞い上がった。

ニーロはかろうじて受け身を取ったが、それだけだ。

狩竜機の腕がちぎれ飛び、足関節が奇妙な方向に曲がる。

全身の装甲が弾け飛び、断裂した人工筋肉が冷却用の循環液を撒き散らした。

だが、その程度のダメージで済んだのは、六号機が帯煉粒子を全力で放出している戦闘状態だったからだ。そうでなければ、落下の衝撃で、機体がバラバラになっていてもおかしくなかった。

「ニーロ……！」

模擬戦の途中ということも忘れて、クスターは仲間の名前を呼んだ。

しかしニーロの返事はない。無線から流れ出したのは、激しいノイズと狩竜機の機体が軋む音だけだ。

『心配するな。生きてるよ。受け身が取れるように手加減したからな』

ラス・ターリオンの穏やかな声が、クスターたちの通信に割りこんでくる。

「なに……!?」

ゾッとするような冷たい感覚が、クスターの背筋を這い上った。

無線越しに聞こえるラスの声が、あまりにも飄々としていたからだ。

銀級騎兵が操る狩竜機を撃破した直後とは思えないほどに、彼の声は平静だった。

『残りは四機だ。誰から来る？』

地面に突き刺さっていたニーロの戦斧を引き抜きながら、ラスが訊く。

何気ない彼の狩竜機の動きに、クスターたちは言葉を失った。

言葉で表すことはできない。だが、明らかになにかが違う。同型の狩竜機に乗っているはずなのに、ラスの二十三号機だけが、異質な動きをしているのだ。

それはまるで人間が操る狩竜機ではなく、巨大な化け物と対峙しているような感覚だった。

理性では、それがただの錯覚だとわかっている。

しかし煉騎士としての本能が訴えている。ラス・ターリオン。彼は危険だ。クスターたちの常識では計り知れない、化け物だと。

『来ないなら、こちらから行かせてもらうぞ』

ラスが無造作に言い放ち、彼の狩竜機が、ゆらりと緋色の輝きを放った。クスターたちは警戒して思わず身構える。

次の瞬間、ラスが投げやりに振った戦斧が地面を抉った。

そして爆発的に飛び散った土煙が、彼の機体を完全に覆い隠したのだった。

3

空中高くに舞い上がった狩竜機が、地面に激突して動かなくなる。

カナレイカは、演習場の隅に設けられた櫓の上から、その信じられない光景を眺めていた。

「なんですか、今の攻撃は……？　ラスは……彼は、いったいなにをしたんです？」

「普通にぶん投げただけですよ。相手の勢いを利用して、速度ベクトルの方向を少しだけ上向きにずらしたんです。六号機は、自分の運動エネルギーで自分自身を投げ上げたんですよ」

双眼鏡を手に持ったイザイが、カナレイカの無意識の呟きに回答する。

思いがけず理路整然とした答えが返ってきたことに、カナレイカは驚いてイザイを見た。

「それは……理屈ではわかりますが、実際にそんなことができるのですか？」

「普通は無理です。でも、ラスのやることですから」

イザイが微笑んで言葉を続ける。

カナレイカは険しい表情のまま沈黙した。

イザイの説明は理解できる。高い機動力を誇る狩竜機は、裏返せば、移動中は非常に不安定ということでもあるからだ。

だからといって、高速で突っこんでくる狩竜機の向きを、簡単に操れるということにはならない。それを実現するためには、相手よりも圧倒的に速く動かなければならないはずだ。それこそ相手が止まって見えるほどに──

カナレイカは、ラスに素手で叩き折られた自分の愛剣のことをふと思い出す。

近衛師団最強と呼ばれるカナレイカの全力の突きよりも、ラスの動きは速かった。

おそらくラスが六号機を放り投げたのも、同じ種類の技術のはずだ。

彼はなんらかの手段を使って、ほかの煉騎士を遥かに凌ぐ反応速度を得ている。それが六号機を倒した攻撃の秘密だ。

「あの煙幕は、敵の連係を封じるためですか？」

カナレイカが再びイザイに訊いた。

六号機の戦斧を奪ったラスは、その戦斧で地面を抉り、大量の土砂を巻き上げている。舞い上がった土煙が周囲を覆い、演習場内の視界は極端に悪化していた。まさしくラスの姿を覆い隠す煙幕だ。

「それもあります。こう視界が悪くては、迂闊に攻撃すると同士討ちの恐れもありますから」

イザイが、カナレイカの言葉を肯定した。

第二師団側の狩竜機には、煉術砲撃に特化した支援型の機体が含まれている。その砲撃を封じるために、ラスは煙幕を張り巡らせた。誰もが当然のように思いつく戦術だ。

「――ですが、ラスは防御のために姿を隠したわけじゃありません。あの煙幕は、次の攻撃のための布石なんです。そろそろ仕掛けるようですよ」

「……!?」

イザイの指摘に、カナレイカはハッと顔を上げた。

濃い土煙に紛れて演習場を移動したラスの二十三号機が、いつの間にか第二師団の七号機を間合いにとらえていた。

七号機は短槍を装備した攻撃型の機体。搭乗者はスティーグ・ステニウスだ。

スティーグが、ラスの接近を警戒していなかったわけではない。

しかしラスの機体の移動速度は、彼の予想を遥かに上回っていた。

高速で移動する狩竜機にとって、視界の確保は重要だ。

時速数百キロで障害物に激突すれば、いかに頑強な狩竜機といえども無事では済まないからだ。

それにもかかわらず、限界に近い加速で突っこんできたラスの二十三号機に、スティーグの七号機は反応できない。

無造作に叩きつけられた戦斧の一撃を喰らって、七号機は仰向けのまま吹き飛んでいく。

「──なぜです？　土煙で視界が利かないのは、ラスも同じではないですか？　それなのに、あの精密な攻撃……彼には演習場の様子が見えているのですか？」

カナレイカが呆然と呟いた。

演習場内に、狩竜機が倒れる轟音が鳴り響き、模擬戦を見学していた第二師団の兵士たちがどよめきを洩らす。

彼らもカナレイカと同じ疑問を抱いているはずだ。

だが、今なお濃く立ちこめたままの土煙を見たときに、カナレイカは自ら答えに辿り着く。

「いえ……そうか、帯煉粒子！　彼は帯煉粒子を細い糸のように張り巡らせて、周囲の地形や敵の位置を把握しているのですね？」

「正解です。狩竜機にとっての帯煉粒子は、煉騎士にとっての煉気と同じものですから。単なる動力源としてではなく、探知結界の代わりに使うこともできるんです」

イザイがどこか楽しげに答えた。

ラスの機体を中心にした演習場の広いエリアに、時折、深紅の閃光が走る。

その正体はラスが撒き散らした帯煉粒子だ。

張り巡らせた糸の振動で獲物の位置をとらえる蜘蛛のように、ラスは、帯煉粒子の揺らぎや反射を使って対戦相手の位置を測っている。今や演習場のフィールドすべてはラスの掌の上だ。

だとすれば、いっこうに晴れる気配のない土煙の正体もわかる。

単純に土砂をばらまいただけでは、こうはならない。

ならば、考えられる可能性はひとつだ。

ラスは煉術を使っているのだ。大気の流れを操る、ごく初歩的な煉術を。

帯煉粒子による結界を、より効果的に作用させるためである。あの土煙は、帯煉粒子の痕跡を隠すための目眩ましだったのだ。

狩竜機に搭乗したまま、煉術を使う者がいないわけではない。

しかし彼らが使うのは、ほとんどが遠距離攻撃用の大規模な砲撃系煉術だ。

煉術の存在にすら気づかせない、こんな巧妙な使い方を、カナレイカはこれまで見たことがなかった。

「あなたは何者なのですか、イザイ」

カナレイカがイザイを見つめて訊(き)いた。

「何者といわれても、見てのとおりの調律師ですが……」

「ですが、あのような戦い方を私は知りません。それは第二師団の兵士たちも同じでしょう。なのになぜ、あなたはラスの戦い方を知っているのです？」

カナレイカに睨(にら)まれて、イザイは困ったように頭をかいた。そして彼は弱々しく微笑(ほほえ)むと、どこか懐(なつ)かしげに口を開く。

「あれは、特駆(とっく)の戦い方なんです」

「特駆(とっく)……ラスがあなたと一緒にいたという部隊ですね？」

「ええ。中央統合軍(セントラル)に二年前まで存在した実験部隊です。特級魔獣駆逐戦術開発部——要するに、上位龍クラスの強力な魔獣を倒すためのものを研究していた部隊ですよ」

「……そのような部隊が、中央統合軍(セントラル)にあったのですか？」

カナレイカが驚きに目を見張った。

中央統合軍(セントラル)の主任務は皇都の防衛であり、想定されているのは狩竜機(シャスール)同士の戦闘だけである。

魔獣の討伐を請け負うのは主に各地の領主であり、そもそも上位龍などの特級魔獣は、騎兵の一部隊が倒せるような相手ではないと考えられているからだ。

上位龍クラスの魔獣の駆逐。

それが実現すれば、人類の棲息圏は飛躍的に拡大するだろう。

だが現実には、それは不可能だ。

夢物語といわれてもおかしくない馬鹿げた話である。

しかしイザイは、少し寂しげに首を振る。

「フィアールカ皇女が創設したんです。皇国全土から煉騎士やスタッフを集めて。敵国の狩竜機と戦うのではなく、魔獣討伐だけを専門に行う部隊です。おかげで散々な言われようでしたけどね。皇女の道楽で集められたあぶれ者の集団だとか、役立たずの金喰い虫だとか」

「そんな……魔獣から民を守ることが、煉騎士本来の役目ではありませんか……！」

カナレイカが、咄嗟に反発して言い返す。

イザイは苦笑して、優しげな眼差しをカナレイカに向けた。

「軍の煉騎士たちが皆、あなたのような方だったらよかったんですけどね」

「……その部隊は、今は？」

「ありません。フィアールカ皇女が亡くなったことで、全員バラバラになりました。今も中央統合軍に残っているのは、僕一人です。もともと地位や肩書きなんかには、なんの興味もない連中でしたからね」

イザイが軽くおどけたように肩をすくめる。

カナレイカは静かにうなずいた。

軍での出世を望む人間が、実現の可能性が極めて低い上位龍殺しのために命懸けで働くはずがない。実際に上位龍を殺したラスが、あっさりと中央統合軍を辞めたのがその証拠だ。

そんな癖の強い特駆の隊員を、フィアールカは一人でまとめていた。

だから彼女が死んだとされたときに、特駆はあっさりと崩壊した。

皇太子アリオールとして活動しなければならなくなったフィアールカに、それを止める余力はなかったのだ。

「ラスが一人でキハ・ゼンリを倒すことができたのは、特駆の技術があったからなのですね」

カナレイカが、納得したように深く息を吐く。

無名の若手騎兵だったラスが、固有名持ちの上位龍を倒したのはまぐれや偶然ではなかった。彼は中央統合軍で唯一の、対特級魔獣部隊の兵士だったのだ。

「そうですね。勝算がまったくなかったわけではありません。ですが、二年前は運が良かっただけです。あれはラスの執念が、たまたま上位龍の生命力を上回った結果です」

イザイが、笑いながら辛辣な評価を口にする。そして彼はふと、遠くを見るような眼差しを、演習場に立つラスの狩竜機に向けた。

「ですが、今のラスは違いますね。特駆で考案された戦術を完全に使いこなしているどころか、その先を行っている。あれは娼館に入り浸っていた男の動きなんかじゃない。この二年の間に、ラスになにがあったんですか？」

「……わかりません。フォン・シジェルに師事していた、とだけ聞いていますが」

「フォン・シジェル？　黒の剣聖ですか……？」

イザイが面喰らったような表情でカナレイカを見返した。

まったく無理もない反応だ。〝黒の剣聖〟フォン・シジェルが活躍したのは、今から二十年以上も前の時代。そして先の大戦の終結を境に、彼女は歴史の表舞台から姿を消した。今では彼女の戦う姿を見た者も滅多にいない。黒の剣聖は実在の人物というよりも、おとぎ話の登場人物に近い存在なのだ。

「興味深い話ですが、その話はまたあとで。動きがあったようです」

名残惜しそうに呟いて、イザイが再び双眼鏡を構えた。

演習場にはいまだに土煙が立ちこめたままだが、その濃度が明らかに低下していた。代わりに、陽炎に似た帯煉粒子の輝きが増している。

ラスの二十三号機だけでなく、第二師団のジェント五号機が帯煉粒子の放出を始めたのだ。自らの帯煉粒子をぶつけることで、ラスの煉術を妨害するためである。

「ラスの結界に気づいたのですか。さすが第二騎兵師団……有能な煉騎士がいますね」

カナレイカが感心したようにうめく。ジェント五号機の搭乗者はリク・キルカ。銅級騎兵とは思えないほどの冷静な観察眼と分析力だ。

「これで土煙にまぎれての奇襲は使えなくなりました。どうするのですか、ラス？」

不安と期待を滲ませた口調で、カナレイカがラスに問いかけた。

イザイはそんな彼女の隣で、愉快そうに目を細めていた。

4

『やはりそうだ。結界だよ』

ジェント五号機に搭乗したリクが、興奮気味の口調で言った。

彼の狩竜機の機体は輝きに包まれ、緋色の粒子が撒き散らされている。

一見すると帯煉粒子の浪費にしか思えない行為だが、その効果は劇的だった。

リクの機体を中心に強烈な突風が吹き荒れて、演習場に立ちこめていた土煙が晴れていく。

その土煙の向こう側から、奪った戦斧をだらりと引きずるラスの二十三号機が姿を現した。

ラスの機体の足元に転がっているのは、無惨に破壊されたスティーグの七号機だ。

『ラスさんは演習場に帯煉粒子の線を張り巡らせて、周囲の地形や僕たちの位置を把握してたんだ。この土煙そのものが、あの人の煉術結界だったんだよ』

「ラス・ターリオンが、土煙の中で自在に動けていたのは、それが理由か……」

操縦桿を握りしめたクスターが、ギリギリと奥歯を嚙み鳴らした。

卑怯——などという非難は通用しないだろう。

これは実戦形式の模擬戦だ。しかもクスターたちには五対一という、圧倒的なアドバンテージが与えられている。正面から組み合えなどと文句をつけようものなら、恥をかくのは第二師団のほうだ。

それに、そもそも正面から組み合ったところで、クスターたちが勝てるという保証もない。

『作戦変更だ、クスター。俺とリクで、どうにか喰らいついて筆頭皇宮衛士の動きを止める。おまえは彼が動きを止めたら、俺たちごと二十三号機を叩き潰せ。重装甲仕様のおまえの機体なら、最悪、相打ちになっても耐久力の差で打ち勝てる』

迷いを見せたクスターにそう告げたのは、八号機に乗るアートスだった。

「アートス……？」

『手段を選んでる余裕はないぞ。第二師団の先輩方が、彼を警戒する理由がようやくわかった。なにが極東の種馬だ……！　とんでもない化け物だぞ、あの男！』

「……そのようだな」

クスターは仲間の主張を認めた。

アートスの口調からは、ラスに対する侮りが完全に消えている。実際に演習場で対峙したことで、彼もラス・ターリオンの異常性に気づいたのだ。

こちらはすでに二体の狩竜機が撃破され、対するラスの機体は無傷。しかも相手は帯煉粒子をほとんど消耗しておらず、力の底はまるで見えない。あの男を確実に仕留めるためには、クスターたちも相応の犠牲が必要だ。

『陛下が彼を筆頭皇宮衛士(ガード・オブ・シルバー)に任命したのは、しっかりと根拠があったわけだね』

リクが苦笑しながら機体を前進させた。

アートスの機体と逆方向に旋回して、ラスを挟撃する形を作る。

しかし支援機に乗るリクの役割は囮(おとり)。ラスの注意を惹(ひ)くための陽動だ。

『だからといって、このまま無様にやられるつもりはないぞ』

アートスの八号機が、主武装の戦槌(せんつい)を上段に構えた。

しかしニーロの二の舞を避けるために、不用心に突っこむような真似(まね)はしない。

あえて隙を見せることで相手の攻撃を誘い、自分の機体を楯(たて)にしてラスの動きを止めるつもりなのだ。後続のクスターにラスを討たせるためである。

「そうだな……五対一でも、最後に俺たちの誰かが生き残っていれば最低限の面目は立つか」

アートスたちの覚悟を受け止めて、クスターが重々しく呟(つぶや)いた。

数の優位は、まだ第二師団側にある。

このタイミングを逃したら、もはやクスターたちに勝機はないだろう。

『そういうことだ。行くぞ、リク！』

『任せたよ、クスターくん』

アートスとリクの狩竜機が、緋色の輝きに包まれた。蓄積された帯煉粒子を一気に放出して、機体の出力を最大限に引き上げる。

前後からラスに襲いかかる二人の連係は完璧だった。

それぞれが螺旋を描くように二十三号機を包囲し、ラスの逃走経路を奪っていく。

アートスたちの目的はラスを倒すことではなく、攪乱して一瞬だけ彼の動きを止めることだ。無理な攻撃を仕掛ける必要はない。そのぶん、ラスのカウンター攻撃を喰らう可能性は低く、アートスとリクが同士打ちになる心配もせずに済む。

彼らの狩竜機はすべて同型のジェント。機体の性能差は誤差の範囲だ。

ラスがアートスたちの狙いに気づいたとしても、今から包囲を破るのは難しい。ラスがどれだけ凄腕の煉騎士でも、機体の性能を超えて狩竜機を加速させることはできないからだ。

しかし接近する二機の狩竜機に気づいて、ラスは意外な行動に出た。

引きずっていた戦斧を投げ捨てて、本来の主武装である儀礼剣を構える。

アートスたちの挟撃をかわすのではなく、堂々と迎撃することを選んだのだ。

ラスの機体が粒子放出量を増し、灰白色の装甲が緋色に染まる。

『上等だッ！』

アートスが雄叫びを上げてラスの間合いへと踏みこんだ。疾走する機体の勢いを殺すことなく、巨大な戦槌を振り上げる。

一撃の威力を重視した大上段からの攻撃。だがそれはアートスのフェイントだった。本命は、ラスの注意を頭上に引きつけての双手刈(タックル)だ。

「アートス――！」

奇襲の成功を予感して、クスターが吼(ほ)えた。

二十三号機の背後はリクが押さえている。

ラスには、正面のアートスを斬って突破する以外に選択肢がない。

だからこそアートスのフェイントが刺さる。ラスの主武器は細身の儀礼剣で、特攻するアートスの機体を吹き飛ばすような打撃力はないからだ。

だが、次の瞬間、クスターの顔は、仲間の勝利を確信した表情のまま凍りついた。

ラスが構えた儀礼剣の刃が、深紅の輝きに包まれて倍以上の長さに伸びたからだ。

「……煉輝刃(アウラエッジ)……だと⁉　馬鹿な！」

アートスを追走していたクスターが、驚愕(きようがく)に思わず息を呑(の)む。

煉輝刃(アウラエッジ)は、剣に煉気(れんき)の刃を纏(まと)わせて攻撃範囲を伸ばす高難度の剣術スキル――超級剣技(オーバーアーツ)の一つだった。

煉騎士(れんきし)が扱う超級剣技(オーバーアーツ)の中でも、煉輝刃(アウラエッジ)は比較的有名な技だ。実際に煉輝刃(アウラエッジ)を使える煉騎士(れんきし)を、クスターは何人も知っている。

しかし生身の肉体ではなく、狩竜機(シャスール)に乗ったまま超級剣技(オーバーアーツ)を再現しようとすれば、その難易度は何倍にも跳ね上がる。

しかも通常の煉輝刃は、よくてほんの数センチ——指一本ぶんだけ剣の間合いを延ばすだけの技だった。戦闘中にわずかでも攻撃範囲を広げることができれば、白兵戦では圧倒的に有利になるからだ。

しかしラスが操る煉輝刃の間合いは、今や剣本体の三倍近くにまで延びている。クスターが知っている煉輝刃とは完全に別物だ。

そして帯煉粒子の刃に包まれていれば、お飾りの儀礼剣であっても狩竜機を斬れる。その事実に気づいて、クスターは声を失った。

ラスの機体が、光の刃を無造作に振り下ろす。

戦槌を振り上げた状態のまま、八号機の両腕が吹き飛んだ。続けてアートスの機体の両脚が斬り裂かれる。八号機は為すすべもなく地面に転がり、アートスの特攻は不発に終わった。

『クスターくん……あとはよろしく……！』

八号機が破壊されたのを確認したリクが、防御を捨てて狩竜機の足を止め、背中に搭載された砲門をすべて開放した。

支援型である彼のジェント五号機には、四門の大口径煉術砲が搭載されている。

その一斉砲撃をもって、ラスの二十三号機を背後から強襲しようとしたのだ。

アートスはすでに倒されたが、挟撃が完全に失敗したわけではない。自分がラスにダメージを与えれば、クスターに攻撃のチャンスが回ってくる――リクはそう判断したのだろう。

だが、その考えは甘かった。リクは見落としてしまったのだ。狩竜機に乗ったまま煉術を使えるのが、自分だけではないことを。

「よせ、リクっ！」

強烈な悪寒に襲われて、クスターが叫んだ。

その瞬間、ラスの機体が青白い閃光に包まれる。

煉術砲は煉術の威力を増幅し、乗り手の負担を軽くするための装備だ。理屈の上では煉術砲などなくても、狩竜機は煉術を行使することができる。

ましてや帯煉粒子の結界を張るほどの精密な煉術を使うラスなら、砲撃系煉術のひとつやふたつ使えて当然だろう。

そしてその発動速度と威力は、リクやクスターの予想を遥かに超えていた。

放たれたのは、第六等級の中位煉術【雷閃】――

無数の稲妻が超高電圧の槍となり、リクの機体に突き刺さる。

凄まじい衝撃を受けてジェント五号機が吹き飛び、そのまま地面に激突した。

支援型の狩竜機に匹敵する凄まじい破壊力だ。

だが、その異常な威力こそが、ラスが初めて見せた隙でもあった。

「うおおおおおおおおおおおおおおおっ！」

戦闘不能に陥った仲間たちを見回し、クスターが咆吼した。機体が保有する帯煉粒子を全力で放出し、ラスの機体に向けて加速する。

この模擬戦におけるラスの戦果は圧倒的だ。

だが、まだクスターたちの敗北が決まったわけではない。

強力な剣技と煉術を立て続けに使ったことで、ラスの機体は大量の帯煉粒子を喪失している。圧倒的なラスの戦闘能力に、機体の性能が追いついていないのだ。

ラスの二十三号機にはもう、大技を繰り出す余力はない。

対するクスターの四号機は、ほぼ万全の状態だ。

今なら正攻法でラスを倒せる。これは仲間たちが残してくれた最後の勝機なのだ。

「我々の勝ちだ、ラス・ターリオンッ！」

クスターの機体が、ラスを攻撃範囲にとらえる。

しかしラスの狩竜機の反応は鈍い。クスターが予想したとおり、二十三号機は帯煉粒子を使い果たしているのだ。

回復の余裕を与えるつもりはない。ここで一気に勝負を決める。帯煉粒子を帯びて緋色に染まった戦棍を、クスターはラスに叩きつけようとする。

ラスの機体に異変が起きたのは、そのときだ。

二十三号機の儀礼剣を覆っていた、煉輝刃の輝きが消滅する。

そして深紅の刃を形成していた膨大な量の帯煉粒子（アウロン）が、吸い込まれるように狩竜機（シャスール）本体へと逆流した。

枯渇（こかつ）していたはずの帯煉粒子（アウロン）が復活し、二十三号機の動きが精彩を取り戻す。

ラスは、一度放出した帯煉粒子（アウロン）を吸収することで、狩竜機（シャスール）のパワーダウンを強引に回復させたのだ。

「そんな……技が……っ⁉」

初めて目にした奇怪な現象に、クスターはうめいた。

二十三号機の帯煉粒子（アウロン）が回復したことで、クスターの機体の優位性は失われた。二体の狩竜機（シャスール）の出力は互角。あとは操縦者の優劣だけだ。

クスターが渾身（こんしん）の力をこめて戦棍（メイス）を振る。

限界まで研ぎ澄まされた集中力が生み出す、完璧な一撃だった。

しかしラスの攻撃は、それを易々（やすやす）と凌駕（りょうが）した。

クスターの戦棍は虚（むな）しく空を切り、そのときにはラスの儀礼剣は、四号機の胴体を横薙（よこな）ぎに斬り裂いている。

あまりにも鮮やかな斬り口に、クスターはしばらくの間、自分が斬られたことに気づけなかった。狩竜機（シャスール）の機体が傾き、地面に倒れたところで、初めて己の敗北を自覚する。

落下の衝撃に苦悶（くもん）の声を上げながら、クスターは奇妙に晴れやかな気分を覚えていた。ラスは最後に、小細工を使わない剣技でもクスターたちを上回ってみせたのだ。

完敗だ。

「これが……ラス・ターリオン・ヴェレディカか……」

動かなくなった狩竜機(シャスール)の中で、クスターは無意識の微笑(ほほえ)みを浮かべる。

演習場に残った機体は、ラスの二十三号機だけだ。

しかしラスは、なぜか戦闘態勢を維持したまま、演習場の中心にたたずんでいる。

ラスの狩竜機(シャスール)の頭上を、影がよぎった。

怪鳥の雄叫(おたけ)びに似た轟音(ごうおん)が大気を震わせたのは、その直後のことだった。

5

純白の細い航跡を残しながら、奇妙な影が空を横切っていく。

小型の飛竜(ワイバーン)に似た姿の、ブロンズ色の飛翔体(ひしょうたい)だ。

だがラスは、それが飛竜(ワイバーン)ではないことを知っていた。

飛翔体(ひしょうたい)の表面を覆っているのは鎧(よろい)に似た金属製の装甲板。鋭利な翼が撒(ま)き散(ち)らしているのは、ジェントと同様の帯煉粒子(アウロン)の輝きだ。

そして飛翔体(ひしょうたい)の腹部には、巨大な剣を握った人型兵器が吊(つ)り下(さ)げられている。

その飛翔体の正体は空搬機。狩竜機を空輸するための特別な狩竜機だ。

「銘入り、か……中央統合軍の将校なら持っていても当然だが……」

空搬機の腹に抱かれた狩竜機を見上げて、ラスは薄く苦笑した。

模擬戦が終わるのを待ち構えていたように、演習場上空に現れた新たな狩竜機。これが単なる偶然のはずがなかった。

あのブロンズ色の狩竜機の目当ては、間違いなくラスだろう。

一般に狩竜機と呼ばれている人型兵器には、大別して二種類が存在する。

工房で大量生産される数打ちの〝量産機〟と、古の時代に製造されて貴族の家に代々受け継がれてきた〝銘入り〟の機体だ。

真に狩竜機と呼べるのは銘入りの機体だけであり、量産機は粗悪な複製品に過ぎないと考えている貴族も多い。

事実、両者の性能には、決定的な隔絶が存在する。

飛行に耐えられるかどうかだけではない。銘入りの機体は量産機とは比較にならないほどの膨大な粒子放出量を誇っており、さらに特殊な固有武装を持っている。

銘入りの機体と量産機の撃墜率は、十対一か、それ以上。たった一機の銘入りの狩竜機を倒すために、量産機一個中隊の戦力が必要になるということだ。

『――突然押しかけて済まぬ、ターリオン殿。ご無礼は容赦願いたい』

無線機から、聞き覚えのある声が流れ出す。

落下するような勢いで高度を下げた空搬機(カラドリウス)が、吊(つ)り下(さ)げていた狩竜機(シャスール)を投下した。固定されていた狩竜機(シャスール)の関節が解除され、本来のシルエットが露(あら)わになる。

全身鎧(プレートアーマー)をまとった重装甲型(タンクがた)の機体だ。

機体の肩に描かれているのは、中央統合軍(セントラル)の紋章。量産機のジェントよりもふた回り近く大型だが、第二師団所属の狩竜機(シャスール)なのは間違いない。

最後に緋色(ひいろ)の粒子を勢いよく噴き出して、ブロンズ色の狩竜機(シャスール)は地面に降り立った。着地の勢いで地面を抉(えぐ)りながらも姿勢を乱すことなく、危なげなくラスのほうへと向き直る。

「ハンラハン師団長か」

ブロンズ色の狩竜機(シャスール)を見据えて、ラスが嘆息した。

たとえ顔が見えなくても、第二師団師団長の特徴的な野太い声を聞き間違うはずがない。

演習場の観測台にいる中央統合軍(セントラル)の兵士たちが、困惑している姿が見える。このタイミングでのハンラハンの登場は、彼らにとっても想定外だったのだ。

『然様(さよう)。こちらの機体は、我が家に伝わる狩竜機(シャスール)〝アハジア〟です』

「〝難攻不落〟のアハジア？　あなたはグリン領の出身だったのか」

ラスは驚いて片眉を上げた。

ハンラハンの家名を名乗る者は少なくないが、グリン半島のハンラハン伯爵家は別格だ。

皇国南端にあるグリン半島は、しばしば南大陸の国家からの侵略を受けていた。その侵略に抗ったのが、ハンラハンの煉騎士たちである。

四十年前の第三次南海戦役において、当時のハンラハン伯爵家は、わずか十四機の狩竜機を率いて敵軍七十機の猛攻に三日三晩耐え抜き、南海伯の援軍が到着するまで領地を守り続けたといわれている。〝難攻不落〟のアハジアは、そのハンラハン伯爵家の象徴ともいえる機体なのだ。

『我が狩竜機の名をご存じでしたか。光栄ですな』

ハンラハンが満更でもない口調で言った。

完全に戦闘態勢を整えたブロンズ色の狩竜機が、背中から専用の剣を抜く。刃渡り十メートルを超える両手持ちの大剣だ。柄の部分に粒子増幅装置を内蔵した、いわゆる魔剣の類である。

その剣一振りの値段で、ラスが乗る量産機が丸ごと三機は買えるだろう。装備一つとっても、銘入りの狩竜機は別格なのだ。

「そんなご大層な狩竜機を持ち出してきたのは、模擬戦の続きをするためか、師団長?」

ラスが警戒したように訊いた。

もともと五対一というデタラメな条件だったのだ。ついでに、あと一機増やせという無茶な要求があっても不思議ではない。

『いやいや、まさか。此度の模擬戦は貴殿の勝利です。我が師団の若い騎兵たちには、いい経験になったでしょう。そこで、ついでにもう一戦——対等の勝負というのはいかがですかな？』

「銘入りの狩竜機と、量産機で対等の勝負だと？」

『相手は筆頭皇宮衛士ですからな。ちょうど釣り合いが取れるかと』

「勝手なことを言ってくれる」

ラスが呆れたように鼻を鳴らした。無茶を言っているという自覚はあったのか、ハンラハンが照れ隠しのように豪快に笑う。

『これは某の個人的な望みゆえ、無理強いはしませんが、貴殿にとって悪い条件ではありますまい？　銘入りの狩竜機相手に敗北しても、貴殿の評価に傷がつくことはない』

「たしかにな」

ラスはハンラハンの指摘を認めた。

すでに第二師団との模擬戦の決着はついている。同型のジェントを使って五対一で勝利した時点で、ラスは充分に筆頭皇宮衛士としての実力を示した。否、むしろやり過ぎた。おそらくそれを面白くないと感じる貴族や将校もいるだろう。

一方、ハンラハンがラスに勝ったとしても、銘入りの狩竜機と数打ちの量産機では、そもそも性能が違い過ぎて比較にならない。ラスが負けても恥じる要素はないし、ハンラハンの名が上がることもない。

それでもいちおう第二師団が、ラスに一矢報いたという形にはなる。

結果、第二師団とラスの間の遺恨は消える。

なかなかやるな、そっちもな、というふうに、両者が歩み寄ることもできるだろう。ハンラハンが、量産機相手に銘入りの狩竜機を持ち出した大人げない師団長として、一人で泥を被ってくれるというわけだ。

「だが、いいのか？　銘入りの狩竜機を持ち出して量産機に敗北したら、あんたの立場がなくなるぞ？」

気遣うようなラスの言葉に、ハンラハンは虚を突かれたように黙りこんだ。

そしてたまりかねたように声を上げて笑い出す。自分の勝利を微塵も疑っていないラスの態度が、ハッタリではないと気づいたのだ。

『その返事、試合を受けてもらえると理解してよろしいか？』

「負けたところで、こちらが失うものはないからな。お手柔らかに頼む、師団長」

ラスの機体が剣を構えた。それがハンラハンの質問への答えだ。

『――参る』

ハンラハンの狩竜機――アハジアが、巨大な両手剣を振り上げた。

大量の帯煉粒子を炎のように噴き上げながら、ブロンズ色の狩竜機は荒々しい咆吼を上げるのだった。

「銘入りの狩竜機と量産機で勝負……⁉」

演習場の観測席にいるカナレイカが、信じられない、というふうに大きく首を振った。

ハンラハンが操るブロンズ色の狩竜機が、ラスのジェントを両手剣で斬りつけようとしたところだ。

銘入りの狩竜機であるアハジアに搭載された煉核は、外見から判断しておそらく四基。単装煉核のジェントと比較して、少なく見積もっても四倍以上の粒子放出量を持っていることになる。

そして粒子放出量の差は、そのまま狩竜機のパワー差に直結する。

アハジアの圧倒的な攻撃力を前に、ラスは剣を受けることもできずに後退した。二機には、大人と幼い子供ほどの力の差があるのだ。

「いったいなにを考えているのですか、あの二人は⁉　しかもラスの機体は五対一の模擬戦を終えたばかりなのですよ……！」

「いえ……ラスの機体は保ちますよ。そのためにラスは〝アタリ〟が出ている機体をわざわざ指定したんですから」

不安げなカナレイカを励ますように、イザイが落ち着いた口調で言った。

「アタリ……ですか？」

「ええ。ラスの二十三号機は、ベテランの金級騎兵が使っていた機体なんです。過去に大きな損傷を受けたこともないし、部品同士も馴染んでいて余分な抵抗がない。あれだけ長時間戦闘を続けても、消耗は最低限で済んでいるはずです。見た目の派手さのわりにラスの操縦には無駄がなくて、機体にかかる負担も少ないですしね」

「ですが、ラスには機体を調べるような時間はなかったはずですが」

カナレイカが怪訝な表情で訊き返す。

あのときラスは、整備場に置かれているジェントを軽く一瞥しただけで、二十三号機を選んだのだ。機体の経歴や細かいクセを調べる余裕があったとは思えない。

「昔からラスは、そういうのが直感的にわかるんですよ。まるで狩竜機の声が聞こえてるようだと言われてました」

「狩竜機の……声が……？」

「それよりも問題は〝難攻不落〟のアハジアですね。あの機体はラスの攻撃スキルと相性が悪すぎる」

戸惑うカナレイカを無視して、イザイが演習場へと視線を戻した。

圧倒的な機体の性能差にもかかわらず、ラスはハンラハンの猛攻によく耐えていた。両手剣の豪快な斬撃をかいくぐり、煉術（れんじゅつ）を駆使した反撃すら何度も試している。

しかしラスの攻撃は、ハンラハンの機体には届かない。アハジアの機体を覆う高濃度の帯煉粒子（アウロン）が、下位の煉術（れんじゅつ）程度であれば完全に無効化してしまうからだ。

おまけにラスの機体が装備しているのは、式典用の儀礼剣。迂闊（うかつ）に斬りつければ、剣のほうが砕けてしまいかねない代物である。

「あの技は……！」

カナレイカが驚きに目を見張った。

ラスのジェントが構えた石剣が、炎のような輝きに包まれて長さを増す。

模擬戦でも使った煉輝刃（アウラエッジ）だ。通常の攻撃では剣が保（も）たないと判断して、ラスは切り札を投入したのだろう。

ハンラハンの攻撃が途絶えた一瞬の隙を突き、ラスの煉輝刃（アウラエッジ）がアハジアを襲った。アハジアは、大出力にものをいわせて回避行動を取るが、ラスの攻撃のほうが遥（はる）かに速い。比較的装甲の薄いアハジアの肩へと、帯煉粒子（アウロン）の刃が叩（たた）きこまれる。

そう思われた瞬間、アハジアの装甲表面に、見えない壁が出現した。

ラスの煉輝刃（アウラエッジ）はその壁に阻（はば）まれ、激しい緋色（ひいろ）の火花を散らす。

「まさか、今のが噂（うわさ）の……」

「ええ。アハジアの固有武装——【盾城塔（ベルクフリート）】です。狩竜機（シャスール）が自らの意思で生み出す不可視の障壁。あの固有武装が生み出す鉄壁の防御が、〝難攻不落〟の異名の由来ですよ」

イザイが、カナレイカのために解説する。中央統合軍の調律師である彼は、当然ハンラハンの機体についても熟知しているのだ。

だからこそ、ラスが置かれている状況の厳しさを、イザイは誰よりも理解していた。

機体性能で劣るラスがハンラハンを倒すためには、搦め手や奇襲に頼るしかない。しかしアハジアの【盾城塔】は、その奇襲をことごとく防ぐのだ。

「自動反応式の障壁……煉輝刃の直撃でも破れないのですか……」

「残念ですが、ジェントの最大粒子放出量では、あの障壁は抜けません。銘入りの機体同士の戦いを想定して造られた武装ですから」

「そんな……」

イザイの淡々とした説明に、カナレイカが唇を噛み締める。

動揺するカナレイカの横顔を、イザイは興味深そうにじっと見た。

ほんの数日前まで近衛師団最強と呼ばれていた彼女が、ぽっと出の筆頭皇宮衛士であるラスの身を真剣に案じている。しかもカナレイカは、堅物で知られてはいるものの、かなりの美人だ。皇宮の侍女たちが好きそうなゴシップの匂いがする。

もっともイザイは、他人の色恋沙汰になどほとんど興味がなかった。だからカナレイカに気を遣う気もなかった。そんなことよりも気になるのは、目の前で繰り広げられている激しい狩竜機戦である。

「ラスは、師団長の狩竜機がアハジアだと気づいていた……当然、【盾城塔】の存在も知っていたはずだ」

ボサボサの前髪をかき上げながら、イザイは無意識に目を細める。

「こうなることがわかっていたのに、あえて勝負に乗った理由……見せてもらうよ、ラス」

イザイの小さな呟きは、二機の狩竜機が放つ轟音にかき消される。

笑みを浮かべるイザイの隣で、カナレイカは祈るように両手を握り合わせていた。

6

二機の狩竜機が、広大な演習場を疾風のように駆け抜けていく。

その姿はさながら、死闘を繰り広げる二羽の猛禽のようだ。

追いつ追われつの密着状態での乱舞。帯煉粒子の輝きと剣戟の火花が、荒涼とした大地を華やかに染め上げる。

『さすがにやりますな、ターリオン殿。その量産機でよくぞここまで……！』

ハンラハンが感嘆の息を吐く。ラスのジェントの粒子放出量は、銘入りであるアハジアの三割にも満たない。互角の機動を続けているだけでも、本来はあり得ないことなのだ。

『ですが、量産機相手にいつまでも手こずるようでは、こちらの負けも同然。そろそろ決着をつけさせていただきますぞ』

「ああ、そうだな……こちらもだいぶわかってきたところだ」

ハンラハンの挑発的な発言に、ラスが素っ気なく返答した。

『わかってきた？　なにがです？』

ブロンズ色の狩竜機（シャスール）が、これまでの倍近い速度で踏みこんでくる。

一見、無謀にも思える捨て身の攻撃だが、ハンラハンの機体は鉄壁の防御を誇っている。ラスの反撃では、アハジアの接近を止められない。それを見越した上での強引な突撃だ。

だがその直後、思いがけない角度から迫ってきた刃に気づいて、ハンラハンは動きを止める。

アハジアの頭部を狙った死角からの奇襲。狩竜機（シャスール）の首を刈り取ろうとする緋色（ひいろ）の刃を、自動で反応した【盾城塔（ベルクフリート）】がギリギリのところで受け止める。

『二刀流……!?　これが貴殿の切り札ですか、ターリオン殿！』

ハンラハンが驚愕（きょうがく）の雄叫（おたけ）びを上げた。

ラスのジェントの左手。揃（そろ）えて伸ばした手刀の指先から、帯煉粒子（アウロン）の刃が出現している。

剣ではなく狩竜機（シャスール）の機体そのものを触媒にして、ラスは煉輝刃（アウラエッジ）を発現させたのだ。【盾城塔（ベルクフリート）】の自律防御がなければ、今の一撃で、勝敗は決していただろう。ハンラハンは、誰よりもそれをよくわかっているのだ。

『実に見事……ですが、残念でしたな。同じ手は二度と通用しませんぞ』

ハンラハンの両手剣の一撃を、ラスはギリギリで回避する。

左右の煉輝刃を同時に叩きつければ、単純計算で威力は二倍。だが、それでも銘入りであるアハジアの防御を破るのは不可能だ。

逆に煉輝刃を二本同時に生成したことで、ジェント本体の帯煉粒子は枯渇寸前に陥っている。そのせいで、ラスの機体の機動性は明らかに低下していた。ハンラハンの動きについていけずに、防戦一方へと追いこまれ始めている。

「いや、今ので最後の確認がとれたよ、師団長」

『確認？』

「アハジアの【盾城塔】は、全部で四枚。一枚の大きさは、せいぜい狩竜機用の小型楯程度だ。それが自在に動き回ることで、まるで機体全体を覆っているように錯覚させているに過ぎない」

『……その根拠は？』

「煉術だよ。俺が放った下位の煉術に、【盾城塔】は反応しなかった。狩竜機本体の帯煉粒子で防げるという判断なんだろうが、【盾城塔】が本当に鉄壁の防御なら、すべての攻撃を撃ち落とせばいい」

ラスが淡々と指摘する。

苦し紛れの牽制だと思われていた下位煉術によるラスの反撃には、実は確固とした目的があった。

どの程度の威力の攻撃なら、【盾城塔】が反応するのか。同時に何発まで防げるのか——ラスは密かにそれらを試していたのだ。

「それができないのは、【盾城塔】に死角が生まれてしまうからだ。【盾城塔】が同時に迎撃できるのは、最大で四発の攻撃まで。それ以上の攻撃は同時には受けきれない。違うかい？」

『ふむ。気にしたことはなかったが、たしかに理屈ではそうなりますな』

ハンラハンが感心したように低く唸る。

『しかし、それがわかったからどうだというのです？　その機体で、アハジア本体の防御を破れるほどの攻撃を、同時に五発も放てると？』

「そうだな。というわけで、ものは相談なんだが、師団長——今すぐ降参してくれないか？」

ラスが真面目な口調で訊いた。

ハンラハンは思わず動きを止めて、困惑したような声を出す。

『降参？　某に負けを認めろと仰るか？』

「こう見えて、俺もいちおう筆頭皇宮衛士なんでな。中央統合軍の貴重な戦力を減らしたくないんだ。量産機と違って、銘入りの狩竜機は壊れたら代わりがないからな」

『なるほど……某の狩竜機を傷つけたくないと……ふっ……わはははっ！』

ラスの言葉にハンラハンは一瞬言葉を失い、そして無線の向こうで声を上げて笑い始めた。呆(あき)れと賞賛が入り混じる、心底楽しげな笑声だ。

『いや、これは見事。ハッタリもここまで来るとむしろ清々(すがすが)しいですな。ご安心召されよ。このアハジアは歴戦の機体。修復に関しての知見は充分に伝わっております。破壊できるというのであれば、今後のためにも是非に試していただきたい！』

「その言葉、たしかに聞かせてもらったぞ、師団長」

『では、こちらも本気で行かせてもらいますぞ、筆頭皇宮衛士殿！』

ハンラハンのブロンズ色の狩竜機(シャスール)が、大量の帯煉粒子(アウロン)を吐き出した。緋色(ひいろ)の粒子が陽炎(かげろう)のように機体を包みこみ、握りしめた両手剣が眩(まばゆ)い輝きに包まれる。

「煉輝刃(アウラエッジ)か……！」

『ははは、魔剣の性能に頼った力業ではありますが！』

ハンラハンが謙遜したように答える。

たしかに彼の煉輝刃(アウラエッジ)を支えているのは、装備した魔剣と、銘入りの狩竜機(シャスール)ならではの膨大な粒子放出量だ。

だが、それでも煉騎士(れんきし)の制御技術が追いつかなければ、帯煉粒子(アウロン)を刃状に形成することなどできるはずがない。

「いや、やるな、師団長。これなら俺が本気を出しても、フォンは文句を言わないだろ」

『フォン……だと？　まさかフォン・シジェルのことを言っておられるのか……？』

　ハンラハンがかすかな動揺を見せた。

　〝黒の剣聖〟フォン・シジェルの名を知らない煉騎士(れんきし)は、この国にはいない。

大陸に四人しかいない剣聖の一人。上位龍すら生身で斬り伏せる本物の龍殺し。ラスが彼女の弟子である可能性に、ハンラハンはようやく気づいたのだ。

　ラスの狩竜機(シャスール)が剣を下ろした。

　両腕の煉輝刃(アウラエッジ)が消滅し、眩(まばゆ)い刃を形成していた帯煉粒子(アウロン)が、狩竜機本体(シャスールほんたい)へと吸いこまれる。

　クスターとの模擬戦でも、ラスは同じ技を使っている。

　煉輝刃(アウラエッジ)を蓄電池のように使うことで、強引に狩竜機(シャスール)の粒子切れを回復させる荒技だ。

　だが、そのときとは決定的に違うことがふたつある。

　ひとつはラスの狩竜機(シャスール)が、粒子切れを起こしているわけではないということだ。ハンラハンと会話を続けている間に、ジェントは消耗した帯煉粒子(アウロン)をすでに回復させている。

　そしてもうひとつの違いは、ラスが形成していた煉輝刃(アウラエッジ)が二本あったということだ。

　狩竜機本体(シャスールほんたい)が保有するぶんと、二本の煉輝刃(アウラエッジ)に蓄積していた帯煉粒子(アウロン)――それらを同時に解放することで、ラスのジェントは機体性能の限界を超えた大量の粒子放出を実現していた。

　その膨大な帯煉粒子(アウロン)を利用して、ラスは新たな超級剣技(オーバーアーツ)を発動する。

　狩竜機(シャスール)の全身を包む帯煉粒子(アウロン)が、陽炎(かげろう)のように揺らいで新たな刃を形成した。

くの字形に折れ曲がった煉輝刃が、ジェントの背後に光輪のように広がっていく。それはまるで三対六枚の天使の翼のようにも見えた。鋼鉄すら断ち切る煉気の翼だ。

『フォン・シジェルの〝黒の剣技〟か……！』

「熾天剣だ。耐えろてみせろよ、〝難攻不落〟！」

驚愕の叫びを洩らすハンラハンの狩竜機に向けて、ラスは六枚の煉輝刃を同時に叩きつけた。

『ぬおおおおおおおおおおおおおっ！』

六方向からの同時攻撃を回避することを断念し、ハンラハンが防御を固める。

アハジアの周囲で凄まじい量の火花が散った。【盾城塔】の不可視の楯が反応し、熾天剣の四枚の刃を受け止めたのだ。

そして残る二枚の刃を、アハジア本体が両手剣で受け止める。

たとえ黒の剣聖の技といえども、狩竜機の絶対的な粒子放出量の差を覆すことはできなかった。煉輝刃をまとったハンラハンの両手剣が、ラスの放った二枚の刃を打ち砕く。

その光景を見ていたすべての人間が、凌ぎきった、と判断した。

おそらくハンラハン本人でさえも。

それは致命的な隙だった。

「……ったく、ハード過ぎるだろ……」

気怠い溜息を吐き出しながら、ラスは狩竜機を加速させ、ハンラハンの機体の内懐へと飛びこんだ。

熾天剣のような大技を使ったせいで、ラスのジェントには、ほとんど帯煉粒子が残っていない。それでもフルパワーの一撃を叩きこむ程度の余裕はある。

『——なに⁉』

ハンラハンが声を震わせた。しかし彼の狩竜機は動けない。

四枚もの不可視の楯を同時に展開し、さらに煉輝刃をまとった両手剣を振り下ろした直後だ。いかに粒子放出量に余裕のある銘入りの狩竜機といえども、帯煉粒子の回復が追いついていない。

その結果、〝息切れ〟と呼ばれる瞬間的な粒子枯渇を起こしてしまったのである。

それはつまり、銘入りの狩竜機特有の高い防御力も失われているということだ。

『見事……！』

己の敗北を悟ったハンラハンが、どこか満足げな呟きを洩らす。

その直後、ラスが突き出した儀礼剣が、ブロンズ色の狩竜機を深々と貫いたのだった。

第五章

種馬騎士、伝説の狩竜機と出会う

1

模擬戦を終えたラスに対する、中央統合軍の兵士たちの反応は様々だった。

露骨な敵愾心を燃やしている者や、化け物を見るような視線を向けてくる者ももちろん皆無ではない。筆頭皇宮衛士の実力を見せつけることには成功したが、一方的に蹂躙される形になった中央統合軍にとっては看板に泥を塗られた形になるからだ。

だが、総じて見れば、ラスに対する反感は意外なほどに少なかった。

多くの騎兵がラスの使った戦技に興味を示し、ラスの実力を素直に称える声も聞こえてくる。

その反応を引き出すきっかけになったのは、やはりハンラハンとの戦いに勝利したことだろう。ハンラハンを倒したラスを貶すのは、ハンラハンの名誉を傷つけることにもなるからだ。

一方で、整備員たちのラスを見る目は厳しい。

銘入りを含めた六機もの狩竜機(シャスール)が大破したせいで、この先しばらく、彼らは修理に追われることになるからだ。

ラスにしてみれば、とんだとばっちりである。

今回の模擬戦を挑んで来たのは第二師団側であり、ラスの責任ではないからだ。

「まったく面倒の多い一日だったな」

後片付けを終えて皇宮に帰還したラスが、くたびれたように溜息(ためいき)をついた。

カナレイカは、そんなラスの横顔を見上げて苦笑する。

「あれだけの戦闘をこなしておいて、面倒のひと言で片付けてしまうのですね、あなたは」

「金にもならないあんな模擬戦が、面倒以外のなんだっていうんだよ。これで少しでも厄介事が減ってくれるならいいんだけどな」

「そうですね。少なくとも、あなたが筆頭皇宮衛士(ガード・オブ・シルバー)に相応(ふさわ)しくないという非難の声は消えるでしょう。生半可な実力の兵士が、あなたに挑んでくることもなくなるでしょうし」

「そこはハンラハン師団長に感謝だな」

皇宮の長い回廊を歩きながら、ラスは皮肉っぽく首を振った。

ハンラハンは誰もが認める実力者だし、アハジアも銘入りの狩竜機(シャスール)に相応(ふさわ)しい性能を見せつけた。

その彼らを破ったことで、少なくともラスの実力に対する疑いは晴れている。当分の間は今日のような模擬戦に煩わされることはないだろう。

「それはそれとして、さっきから妙な視線を感じるのは俺の気のせいか？」

すれ違う文官たちの表情を眺めて、ラスはぼそりと小声で訊いた。

「中央統合軍の演習場と皇宮の間では、定期的に連絡が行われていますから、模擬戦の結果が広まっているのでしょう」

「模擬戦の結果……か。それにしては、恨みがましい目で見られてるような気がするんだが」

「そう……ですね。第二師団が敗れたのが気に入らないということでしょうか？　皇宮の文官たちが、中央統合軍に肩入れする理由はないはずなのですが」

カナレイカが怪訝そうに小首を傾げる。

ラスは黙って肩をすくめた。

恨みがましい視線といっても、敵意というほどのものではない。おそらく放置しても問題ないだろう。ラスはそう判断して、近衛連隊の控え室に戻る。

そんなラスたちを控え室で待ち受けていたのは、少し意外な人物だった。

黒い仮面で顔の半分を隠した男装の皇女。フィアールカだ。

「やあ、お帰り、ラス。カナレイカも」

「殿下？　どうして近衛連隊の隊舎に？」

カナレイカが驚いたように立ち止まって、フィアールカに訊いた。

隊長席に座ったフィアールカは、澄ました顔でカナレイカたちを見上げている。

「私はこれでも近衛師団の師団長だからね。ここにいる権利はあると思うよ？」

「はあ」

「なんてね。本当はラスを労いに来たんだよ。約束を果たしてくれたみたいだからね」

「約束……ですか？」

「そう。筆頭皇宮衛士としての実績を上げてくれたんでしょう？」

フィアールカが笑うように目を細めた。今日の彼女はいつになくご機嫌だ。

ラスはフィアールカをじっと睨んで、咎めるように息を吐き出した。

「おまえ、俺に賭けてたな？」

「賭け……ですか？」

とぼけた顔で目を逸らす皇女の代わりに、カナレイカが戸惑うようにラスを見た。

彼女の疑問に答えたのは、フィアールカの隣に控えていたエルミラだ。

「皇宮内の文官や武官たちが、模擬戦の結果について賭博を行っていたのです。ラス殿の勝利数を対象に。殿下は、ラス殿の六勝に金貨を賭けられたので――」

「おかげで私の一人勝ちだったよ。これで皇太子の執務室にも少しいい茶葉が揃えられる。皇宮も最近は予算が厳しくてね」

フィアールカが、悪びれることなくエルミラの説明を引き継いだ。

なるほど、とラスは投げやりにうなずく。

五対一で戦うことになっていた模擬戦で、よもやラスが六機目を倒すと予想できた人間など、フィアールカのほかにはいないだろう。

「ハンラハン師団長が銘入りの狩竜機(シャスール)を持ち出すと知っておられたのですか？」

カナレイカが不思議そうに首を傾(かし)げて、フィアールカに訊(き)く。

「まさか。だけど、ラスが五人抜きするところまでは簡単に予想できたからね。そうなれば、師団長が乗り出さないわけにはいかないだろう？　でないと遺恨が残ってしまうよ」

フィアールカは表情も動かさずに、あっさりと言った。

「師団長が勝てば痛み分けということで丸く収まるし、負けてしまえばラスの筆頭皇宮衛士(ガード・オブ・シルバー)としての資質を誰もが認めざるを得なくなる。どちらに転んでも、私たちに損はない。師団長には感謝しなければいけないね」

「そう思うなら、彼の狩竜機(シャスール)の修理費を補助してやってくれ。なるべく修理しやすいように壊したつもりだが、そうはいっても銘入りだからな」

ラスが複雑な気分で告げる。

銘入りと呼ばれる狩竜機(シャスール)は、そのほとんどが独自の特殊な構造になっている。普通の工房や整備員では修理できないし、修理費も当然のように高くつく。師団長の給料だけで支払える額ではないはずだ。

「そうだね。手配しておこう。第二師団への見舞金も必要かな」

フィアールカが、仕方ない、というふうにうなずいた。

そんな皇女の隣にいたエルミラが不意に眉を寄せたのは、控え室の前の廊下が急に騒がしくなったからだった。

護衛として部屋の前にいた皇宮衛士たちが、誰かと押し問答をしているらしい。

普通なら強引にでも部外者を追い払うはずの皇宮衛士たちの、戸惑っている様子が室内まで伝わってくる。訪問者は、どうやら扱いに困る素性の持ち主らしい。

「騒がしいですね。なにかあったのですか？」

カナレイカが剣の柄に手を伸ばしながら、扉の前にいた衛士に訊く。

連隊長に突然呼びかけられた衛士たちは、慌てて姿勢を正しながら報告した。

「それが……医療局の聖女が、筆頭皇宮衛士殿との面会を求めておりまして」

「ラスに、ですか？」

カナレイカが、戸惑ったようにラスを見た。

アルギル皇国における聖女とは、高位の治癒系煉術が使える女性煉術師に与えられる尊称だ。その肩書きの持ち主は、皇宮にもわずか三人しかいない。

そんな重要人物が、先触れも出さずに押しかけてきたのだ。穏やかな用件とは思えなかった。

「私のことは気にしなくていいよ。通してあげて」

フィアールカが護衛の衛士たちに呼びかけた。聖女の地位は伯爵位の貴族と同等だ。皇太子である彼女と同席しても、立場的には問題はない。

「ですが、殿下……」

カナレイカが真顔でフィアールカを見る。揉め事になるかもしれないというのに、皇太子のいる部屋に部外者を入れてもいいのか、と確認しているのだ。

「構わないよ。いったいどういう用件で聖女がラスに会いに来たのか、私も気になるからね」

「御意」

皇太子の悪趣味な発言にうなずいて、カナレイカは部下に扉を開けるよう命じた。

衛士たちの間にホッとしたような空気が流れて、彼らは訪問者を中へと通す。

現れたのは、ラスたちと同世代の小柄な女性だった。ラスの知らない顔である。

顔立ちそのものは整っているが、それよりも可愛らしさのほうが印象に残る童顔の女性だ。

彼女が身につけているのは、尼僧服を連想させる純白の衣装。

間違いなく聖女の制服だった。

「殿下……?」

フィアールカの姿に気づいた聖女が、驚いたように目を見開いて立ち止まる。

近衛連隊の隊舎とはいえ、単なる衛士の控え室に、まさか皇太子がいるとは思っていなかったのだろう。

男装の皇女は彼女に向かって、ひらひらと愛想良く手を振った。

「久しぶりだね、聖女リサー。いつも陛下の世話を焼いてもらって、きみには感謝しているよ」

「勿体ないお言葉です、殿下。皇帝陛下にご不便をおかけして、日々、私の力不足を痛感しております」

フィアールカの言葉に、聖女が恭しく頭を下げた。

現アルギル皇帝が病身なのは、皇宮内では今や公然の秘密だ。高位の医療煉術師である聖女が、皇帝の治療に携わっていてもおかしくない。皇太子を演じているフィアールカが聖女の名前を知っていたのも、おそらくそれが理由だろう。

「ラスに会いに来たんだって？」

「御意。筆頭皇宮衛士のターリオン様が私との交際を望まれていると聞いて、こちらにうかがいました」

驚きから素早く立ち直った聖女が、さらりととんでもない言葉を口にした。

ラスは思わず噎せるように咳きこみ、フィアールカがジトッとした視線をラスに向けてくる。

「どういうことかな、ラス？」

「すまない、まったく身に覚えがないんだが、詳しい事情を聞かせてもらっても？」

ラスは戸惑いながら聖女に確認した。

相手は可愛らしい女性だが、間違いなく初対面のはずである。

「そう……なのですか？　ターリオン様は、私と交際するために第二騎兵の皆様との模擬戦に臨まれたのだと、弟から聞いていたのですが……」

聖女が小さく首を傾げて、頼りなく告げた。

「失礼だが、聖女殿の弟君というのは……」

「第二騎兵師団の銀級騎兵、クスター・ファレル中尉です」

「……聖女殿が……ファレル銀級騎兵の姉上だと？」

「はい。リサー・ファレルと申します」

静かに微笑む聖女を眺めて、ラスは激しい焦りを覚えた。

たしかにクスター銀級騎兵に向かって、姉を紹介しろと言った記憶はある。

だがそれは彼を挑発するための軽口のつもりだったのだ。

その軽口を本気にして、クスターの姉が会いに来るとはさすがに思ってもみなかった。しかも相手が医療局の聖女というのは、完全にラスの想定外だ。

経緯を知っているカナレイカも、まさかの展開に固まっている。

「姉上！」

ラスが混乱から抜け出すより早く、控え室の入り口から声が聞こえてきた。

皇宮衛士たちが制止する前に、中央統合軍の制服を着た兵士が三人、強引に室内に入りこんでくる。

そして次の瞬間、彼らの先頭に立っていたクスター・ファレルが、いきなりラスの前に膝を突いた。

「お許しください、ターリオン殿！」

大柄な身体を子供のように小さく丸めて、クスターが深々と頭を垂れる。

ラスやカナレイカだけでなく、残り二人の煉騎士までもが、平身低頭する仲間の姿を呆然と眺めた。

「あー……これはなんの真似だ？」

「す、すみません、筆頭皇宮衛士殿。あなたが、その……昼間の模擬戦にファレル銀級騎兵の姉君を賭けたという噂が、ご本人の耳に入ってしまったみたいで……」

「クスター、おい……立てって……」

ラスに問われて、中央統合軍団員の二人が慌ててクスターを引き起こそうとする。しかしクスターは頑として頭を上げようとしない。

「先日の無礼は、いかようにもお詫びいたします。ターリオン殿の実力を見抜けなかった我が身の至らなさは重々承知。ですが姉上のことだけは、どうか……」

「ああ、許す許す。言いたいことはわかってるから、顔を上げてくれ」

ラスがぞんざいな口調で言う。一方的に敵対視されるのは迷惑だが、こんなふうに平謝りされても、それはそれで面倒だ。

「立ちなさい、クスター。ここにいる皆様に迷惑ですよ」

弟の姿を見かねたのか、リサーが厳しい口調で言った。

「しかし、姉上……！」

「たとえどのような理由であれ、ファレル家の男子が一度交わした約束を覆すなどあってはならないこと。姉である私が、あなたの敗北の責任を取るのは当然ではありませんか」

「ですが、それでは姉上の貞操が……」

「私のことはいいのです。もしもターリオン様が噂通りの殿方であったとしても、生まれてくる子は私が責任を持って育てますから」

「姉上……」

大柄なクスターが涙目になって顔を上げ、小柄な聖女がそんな彼に柔らかく微笑みかける。

そんな二人のやりとりを見ていたフィアールカが、声を殺して笑い出していた。ファレル姉弟の会話を聞いて、彼女もおおよその事情を理解したらしい。

一方のラスは、苦々しげな表情を浮かべたままだった。ラスと接触するだけで妊娠するという馬鹿げた噂は、聖女であるリサーの耳にまで届いているらしい。

「あー……聖女殿。せっかくの決意に水を差すようで申し訳ないんだが、俺があなたに交際を申し込んだというのは誤解なんだ」

「誤解……ですか？」

「ああ。だからもうお引き取りいただいて構わない。そんなわけだから、ファレル中尉も安心しろ。きみの姉を本気で模擬戦の景品にしたつもりはない」

「そう……なのですか……」

ラスの言葉を聞いたクスターの顔から、険しさが消えた。

代わりに彼の瞳には、子供のような強い輝きが宿る。

「ありがとうございます！　これで安心してターリオン殿の弟子になることができます！」

「……弟子になる？　なんだそれは？」

唐突に出てきた弟子という言葉に、ラスは本気で戸惑った。

「ターリオン殿は、自分が煉騎士に向いていないと仰いましたね？」

「ああ。正確には、純粋な剣士としての適性の話だな。きみの煉気は重すぎる」

その話か、とラスは苦い顔をした。本来なら、それはあまり人前で話すような内容ではない。極めて個人的で繊細な情報を含んでいるからだ。

「煉気が……重い？」

「体内の保有煉気の濃度が、普通の煉騎士よりも高いんだ。そのぶん煉気の循環速度が遅く、細やかで素早い制御に向かない。少しは自覚があるんじゃないのか？」

ラスの問いかけにクスターが沈黙する。

昼間の模擬戦でクスターは、最後のとどめを刺す役を任されていた。それは彼の攻撃力が、仲間たちの中でもっとも高いからだ。

だが、その一方で、クスターではラスに追いつけないという判断がなかったとはいえない。クスター自身、高速域での機動には苦手意識を持っているはずだ。

「それが一概に悪いわけじゃない。煉気の重さは煉気の総保有量に比例しているし、それだけ強力な煉術が使えるということだからな。超級剣技を身につけたときには、大きなアドバンテージになるはずだ」

「自分が……超級剣技を……！」

濡れた子鼠のようにしょぼくれていたクスターが、大きく目を見開いた。

そして彼は、ラスの脚にしがみつかんばかりの勢いで身を乗り出す。

「ターリオン殿、お願いです。やはり自分を弟子にしてください。いい師匠を紹介すると、昨日言ってくださったではありませんか！」

「おや……本当にそんなことを言ったのかい、ラス？」

フィアールカが興味深そうに茶々を入れてくる。

ラスは自分の失言を悔やむように、額に手を当ててうなずいた。

「ああ。商都のフォンの店にアマリエって娼婦がいるんだが、そいつはフォンが一目置くほどの煉術使いなんだ。まあ、性格には少しクセがあるんだが……」

「娼婦(しょうふ)……ですか？　自分は娼婦(しょうふ)よりも、ターリオン殿のほうがいいのですが……！」

「そういう発言は慎んでもらえないか、ファレル中尉」

誤解を招きそうなクスターの言葉に、ラスは本気で嫌な顔をした。

「自分のことはクスターと呼んでください、師匠」

「だから師匠になる気はないって」

「ははっ、いいじゃないか、ラス。同じ皇国に仕える兵士の頼みだ。聞いてあげたらいい」

フィアールカが無責任な口調で言う。からかい半分とはいえ、一国の皇太子の言葉だ。ラスといえども無碍(むげ)にはできない。

そしてラスと皇太子の会話に敏感に反応したのは、クスターの同僚たちだった。

「待ってください、ターリオン殿！　だったら俺も……！　あなたが師団長のアハジアと戦う姿を見て、俺は感動しました……！　だから……」

「僕もお願いします、筆頭皇宮衛士殿！　模擬戦であなたが使った探知結界、あの技術を中央(セン)統合軍(トラル)の煉術師(れんじゅつし)が身につければ、悪天候や密林での戦闘がどれだけ有利になるか――」

アートス・カリオとリク・キルカ――二人の銅級騎兵が我先にと主張しながら、クスターの両隣に膝を突く。

平伏する煉騎士(れんきし)たちの姿を眺めて、ラスは頬を引き攣(つ)らせた。

「頼もしい後輩ができましたね、ラス」

カナレイカが、なぜか嬉しそうな口調で言う。模擬戦の相手でもあった煉騎士たちがラスを認めたことを、本気で喜んでいるらしい。聖女リサーも満足そうだ。

なし崩し的にラスの弟子になったと思いこんだまま、クスターたちは皇宮衛士の控え室から出て行った。ラスは疲れたような顔で壁にもたれて、窓の外を眺めている。現実逃避中なのだ。

「ひとまずこれで、きみを筆頭皇宮衛士として認めさせるという課題は片付いたね」

フィアールカが、ラスを見つめて独り言のように呟いた。

そして彼女はおもむろに立ち上がる。

「では、エルミラ、あとは任せたよ。ラス、行こう」

「……行く？　どこへだ？」

ラスが怪訝そうに片眉を上げた。

「霊廟だよ。今のきみには、そこに入る資格があるからね」

フィアールカが、いつになく神妙な表情で言った。

そして彼女は悪戯っぽく目を細め、どこか寂しげな声音で告げる。

「皇宮の地下にある皇家の墓所。そこにアルが眠ってるんだ」

2

皇宮の敷地内にある広大な庭園の一角に、その建物は立っていた。

テロス教団プラタ大聖堂——

皇国の歴代皇帝が葬られてきた、アルギル皇家の霊廟である。

地上にある聖堂の建物は、皇都にあるほかの大聖堂と比べて、さほど壮麗でも豪華でもない。皇宮に仕える人間以外は立ち入ることができないのだから、ある意味それも当然だ。歴史のある聖堂といえば聞こえはいいが、それは古ぼけた時代遅れの建築物ということでしかない。

だが、プラタ聖堂の真の価値は、地上ではなく地下にある。

建国以来八百年余りの歴代アルギル皇帝と主立った皇族ほとんどの遺体が、この聖堂の地下納骨室に納められているからだ。

「自分の名前を刻んだ墓碑を眺めるのは、少し不思議な気分だね」

壁に埋められた真新しい石板を見下ろしながら、フィアールカがおどけた口調で言った。

時刻はすでに真夜中だ。

迷路のように入り組んだ納骨室に、彼女とラス以外の人影はない。

窓のない地下空間を照らしているのは、フィアールカが煉術で生み出した光球だけ。

無色の輝きが照らす石板には、フィアールカ・ジェーヴァ・アルゲンテアの文字が刻まれていた。それは二年前に命を落とした、皇女フィアールカの墓碑なのだ。

もちろん墓碑の下に置かれているのは、本物の皇女の遺体ではない。

そこで眠っているのは、フィアールカの身代わりとなって戦死した彼女の双子の兄——皇太子アリオールなのだろう。

「ずいぶん立派な墓だな。歴代の皇帝並みじゃないか」

ラスが半ば呆れたように息を吐く。

実際にフィアールカの名前を刻んだ墓碑は、ほかの皇族たちのものに比べて不自然なほどに目立っていた。単に分厚く大きいというだけでなく、装飾も豪華で凝っている。

フィアールカ本人の趣味ではないかと、思わず疑ってしまうほどだ。

「私は国民に愛された皇女だったからね。これくらいの待遇はむしろ当然だよ。なにしろ身を挺して都市連合国の軍を退けた救国の英雄なんだからね」

「まあ、それはそうかもな」

悪びれもせずに胸を張る皇女を一瞥し、ラスはふんと短く鼻を鳴らす。

そんな反応の薄いラスを睨んで、フィアールカは不服そうに唇を尖らせた。

「英雄の名誉、本来はアル兄様が受け取るべきものなのに、と思ってそうな顔だね」

「いや……死んでしまえば、名誉もクソもないからな。アルだってなんとも思ってないさ」

冷たく突き放すようなラスの言葉に、まあね、とフィアールカは同意した。

「でも、あの人の選択を愚かだったとは思わないよ。都市連合国軍との緒戦でアル兄様が負った傷は、実際のところかなり酷くてね。たとえ無事に戦場から戻れたとしても、皇帝の代理に復帰するまでには、おそらく長い療養が必要だった」

「病身の皇帝と、負傷療養中の皇太子か……厳しいな」

ラスは苦い表情で呟(つぶや)いた。

先代までの皇位継承争いで皇族の数が減りすぎたことが、アルギル皇国の政情不安の一因だ。

その結果、病に伏せる現皇帝に代わり、皇太子アリオールは若くして皇帝代理の任に就かざるを得なかった。

そして彼は軍の総司令として戦場に赴き、そこで重傷を負ったのだ。

「そんな状況で、最後に残った皇女までもが龍に殺されていたら、どうなっていたと思う？」

「四侯三伯あたりは、ここぞとばかりに皇位簒奪(こういさんだつ)に動き始めていただろうな。それぞれが独自に次期皇帝候補を擁立して、最悪そのまま内戦に突入だ」

「そうだね。だから、この国の平和が今も保たれているのは、私の身代わりになって死ぬことを選んだ兄様の決断のおかげなんだよ。正直あまり認めたくはないけどね」

「それは、あいつの身代わりに皇太子の役を演じた、おまえのおかげでもあるだろ？」

「それはどうかな。たぶんあの人には最初からわかっていたんだよ。自分がいなくなったあと、私がどういう行動に出るかってことくらいね」

フィアールカが不愉快そうに顔をしかめて呟(つぶや)いた。

自ら囮(おとり)となって敵軍を引きつけることを選んだアリオールは、あえて妹である皇女の狩竜機(シャスール)

に乗って出撃した。

自分が妹の代わりに死ねば、生き残ったフィアールカは、必ず自分の代役を務めてくれる。アリオールはそう確信していたのだ。

事実、フィアールカはそれからの二年間、完璧な皇太子役を演じてきた。

アリオールが計算した通りに。

それが必要だったとはいえ、兄の思い描いたとおりに操られる結果になってしまったのが、フィアールカとしては不満なのだろう。

二人は仲のいい兄妹だったが、いつもどこか余裕めかしたアリオールに、フィアールカはいいようにあしらわれていたような記憶がある。

フィアールカのほうが気まぐれで、破天荒に振る舞っていたにもかかわらず、だ。

「たしかに、あいつはそういうやつだったな」

士官学校時代のアリオールの姿を思い出して、ラスは思わず失笑した。

皇太子アリオール・レフ・アルゲンテア。彼の印象を、ひと言で説明するのは難しい。少女のような繊細な美貌を除けば、突出してなにかが優れていたという人物ではないからだ。

剣の腕ではラスが彼に勝り、煉術の才ではフィアールカが兄を圧倒していた。座学の成績も悪くはなかったが、それでも学年首位を争うほどではなかったように思う。

しかし学生同士で競い合うことになれば、なぜか勝つのは常に彼だった。それは模擬戦でも、学園祭の屋台の売り上げでも同じことだ。

癖の強い味方を易々とまとめ上げ、まるで未来を知っていたかのような鮮やかな攻め口で、気づくと大勝しているのだ。

そしてアリオールは品行方正なようでいて、とんでもない悪戯好きだった。

経営難の孤児院を救済するために学生寮で密造酒を造って販売したのは、彼の行動の中ではまだ可愛げがあるほうだ。

セクハラ教官を罠に嵌めたときには、皇太子自ら女装して相手を誘惑したし、人身売買組織を潰すためには、訓練用の狩竜機で市街地に突っこんだ。

そんな皇太子の行動に巻きこまれ、尻拭いのために奔走させられたのは、いつもフィアールカとラスだった。

そうなると、フィアールカが皇太子の身代わりを演じさせられているのも、アリオールの最後の悪戯のように思えてくる。だとすれば、ラスが筆頭皇宮衛士の役目を押しつけられたのも、ある意味、逃れられない宿命のようなものなのだろう。

「相変わらずきみは兄様のことが大好きだね」

無意識に微笑んでいたラスを睨んで、フィアールカは拗ねたように頬を膨らませた。

「好き？　俺がアルのことを？」

「兄様への評価が高いって意味だよ。きみがアル兄様に会うのをずっと避けていたのは、私が死んでしまったからじゃない。本当はあの人に失望するのが怖かったんでしょう？　みすみす妹を死なせて自分だけ生き残るなんて、兄様らしくないからね」

「それは……そうかもな」

フィアールカの指摘に、ラスは歯切れの悪い答えを返す。

自覚していたわけではなかったが、言われてみれば腑に落ちた。

どれだけフィアールカの死を悲しんでいたとしても、それだけならラスがアリオールから逃げる理由はない。彼に会うのを拒んだところで、フィアールカが生き返るわけではないからだ。

それでもラスがアリオールとの再会を避けていたのは、自分が彼を憎まずにいられるという自信を持てなかったからだった。

フィアールカの言うとおり、ラスは自分が彼に失望するのを恐れていたのだ。

「大丈夫。アル兄様は、最後まできみが知っている兄様のままだったよ」

銀髪の皇女が、優しい口調でラスに呼びかけた。

フィアールカの言葉は真実だ。彼女の兄はこの国を危機から救い、そして妹の命も救った。

彼らしい突拍子もないやり方で。

「だとしても、あいつに死んでほしかったわけじゃない」

ラスは足元の墓碑を見つめたまま、ぼそりと弱々しく呟いた。

別人の名前が刻まれた墓碑の下で、蒼い瞳の皇太子は今も眠っている。悪戯好きの彼らしい

結末だ

「きみが責任を感じる必要はないんだよ、ラス」

フィアールカが、静かに息を吐く。そして彼女は、そのまま投げやりに肩をすくめてみせた。

「それは私だって同じだ。兄様を犠牲にして生き延びたからには、私にはこの国を守る義務がある——なんて押しつけがましい考え方は好きじゃない」

「だったらおまえは、どうして男装までして皇太子の真似事なんかやってるんだ？」

「そんなのは、私がいちばん上手くやれるからに決まってるでしょう？　少なくとも私は、私以外の誰かに今のアルギル皇国を任せる気にはなれないね。そんなことになれば半年も保たずに国が潰れてしまうよ。それはさすがに後味が悪すぎる」

「……もう少しほかに言い方があるだろ。この国の民を愛している、とかなんとか」

ラスは苦笑まじりにフィアールカをたしなめた。

しかし彼女の発言を否定はしない。傲慢にも思える皇女の言葉だが、一方でそれは厳然たる事実でもあるからだ。

「そんな上っ面だけの綺麗事で、皇帝代理なんて面倒な仕事はやってられないよ。だからね、ラス——」

フィアールカが、ニヤリと微笑んでラスを見る。

「だから、私の代わりに皇国を任せられる人間が現れたら、私は潔く身を引くよ」

「身を引く？」

「名前を捨てて、どこかで平民として暮らすかな。シャルギアのティシナ王女が子を産めば、皇家の後継者問題にも片が付くしね。それなら私が消えても問題ないでしょう？」

事も無げな口調でフィアールカが告げた。

ラスは無言で彼女を見返す。

皇太子に成りすまし、異国の姫と婚姻を結ぼうとしている男装の皇女。

たとえシャルギアの王女の協力を取り付けたとしても、そんな不安定な状況が長く続くはずがない。

フィアールカはそれを理解している。だから彼女は、いずれ自分がいなくなるところまで含めて計画を立てた。皇位継承権を持つ子供が生まれたら、フィアールカは自分の死を偽装して、政治の表舞台から姿を消すつもりなのだろう。

「残された人間はどうすればいい？　誰が国の舵取り（かじと）をするんだ？」

「それはティシナ王女に任せるよ。次期皇帝の母親なら、その資格は充分だ。きみや宰相の協力があれば、そう悪いことにはならないよ」

「ティシナ王女が、皇国を任せられるような人間でなかったらどうするつもりだ？」

「そのときは私が第二皇妃なり側室なりを娶（めと）って、きみに子供を作らせれば済むことさ」

「……王女を口説くところまでは諦めたが、子作りまで協力すると言った覚えはないぞ」

「きみはなにを言ってるんだ。正統な皇位継承者の不在が問題の原因なのに、皇太子妃が子供を産んでくれなければ、なんの解決にもならないじゃないか」

「おまえ……最初からそのつもりで……！」

ラスが苦々しげに目を眇めて、フィアールカを睨んだ。

フィアールカの計算は、ティシナ王女が世継ぎを産まなければ成り立たない。ラスが王女を孕ませるところまでが、フィアールカの計画だったのだ。

「きみのお祖母様は先代皇帝の妹君だ。きみの子が皇位継承者になっても血統的には問題はない。なに、今さらきみの浮気相手が一人や二人増えても、私は寛大な心で許すよ、極東の種馬」

フィアールカが皮肉たっぷりの口調で言う。

そこでラスはようやく気づいた。

割り切った発言とは裏腹に、フィアールカも、ラスが自分以外の女性を抱くことを歓迎しているわけではないのだ。むしろラスがこれまで娼館に出入りしていたことを、しっかり根に持ってすらいるらしい。

学生時代のフィアールカは人並みに嫉妬深い性格だったし、根本的なところは今も変わっていないのだろう。

浮気を許すという言葉とは裏腹に、洩れ出ている不機嫌な気配がその証拠だ。

「ここに俺を連れてきたのは、そんな話をするためだけじゃないんだろ、フィー？」

これ以上の反論は不毛だと判断して、ラスは唐突に話題を変えた。

フィアールカが驚いたように小さく眉を上げる。

「なんだ、気づいていたのかい？」

「合理主義者のおまえが、墓参りなんかのために俺を連れ出すとは思えないからな」

「失敬だな。私にだって死者を悼む気持ちくらいはあるよ。いちおうね」

自分に対するラスの評価に、フィアールカが反論する。

「ただ、この霊廟に墓参り以外の用事があったのも本当だよ」

「用事？」

「皇帝陛下が言ってたでしょう、きみに狩竜機を下賜するって」

フィアールカに言われて、ラスは思い出す。

二年前の上位龍殺しの報酬として、ラスには狩竜機が与えられた。アルギル皇家に伝わるという、銘入りの機体だ。

「この霊廟の地下には、皇家が保有する狩竜機が隠してあるんだ。あまり人の目に触れさせたくない、いわくつきの機体がね」

そう言ってフィアールカは、思わせぶりな視線を納骨室の奥へと向けた。

いつになく緊張感をにじませた彼女の横顔を見て、ラスは嫌な予感に襲われたのだった。

3

煉術(れんじゅつ)の光で照らされた階段を、ラスとフィアールカが進んでいく。

やがて二人がたどり着いたのは、地上の大聖堂にも匹敵する広大な地下空間だった。

石造りのアーチを張り巡らせた背の高い広間には、傷つき、解体された狩竜機(シャスール)が、何体も無造作に置かれている。

壊れかけのまま放置された彼らの姿は、まるで廃墟(はいきょ)の神殿に取り残された異教の彫刻を見ているようだった。

「どうしてこんなところに狩竜機(シャスール)を隠してあったんだ？」

ラスが困惑の表情でフィアールカに訊(き)いた。

その声は、暗い地下空間の中で、意外なほど大きく反響する。

「皇家には、あまり表に出せないいわくつきの狩竜機(シャスール)が何体か伝わっていてね。そういう機体を隠すのに、大聖堂の地下は都合がよかったらしいよ。皇族が近づいても怪しまれないし、好き好んで墓場の下に忍びこむ連中もいないしね」

フィアールカが淡々と説明した。彼女自身、詳しい経緯を知っているわけではなさそうだ。

「いわくつきの狩竜機(シャスール)？」

「乗り手(ジョッキー)が次々に死んでしまう不吉な機体だったり、他国からの略奪品だったり、暗殺や謀略に使われた機体だったり……まあ、いろいろだよ」

「そういう縁起の悪い機体を俺に押しつけるつもりだったのか、おまえの陛下(ちちおや)は」

「ヴィルドジャルタか……あれはまた少し特殊でね。正確には、あの機体は皇家の持ち物ってわけじゃないんだ。前の持ち主からの預かりものなんだよ」

「預かりもの？」

皇女がさらりと告げた言葉に、ラスは思わず眉を寄せた。

「そう。機体の後継者に相応(ふさわ)しい者が現れるまで、皇家で保管するように頼まれていたんだ」

「そんな機体を、俺に下賜(かし)してよかったのか？」

「きみだからよかったんだよ、ラス。きみ以外にあれを引き継げる煉騎士(れんきし)はいない」

フィアールカがなぜかきっぱりと断言する。

そして彼女は少し困ったように目を伏せて、

「もっとも、まだあれがきみのものになったと決まったわけじゃないけどね」

「は？」

「だからきみを連れてきたんだ。先代の持ち主に、今夜ここに来るようにというメッセージをもらってね」

めずらしく神妙な口調でそう言って、フィアールカは静かに溜息(ためいき)をついた。

半ば騙すような形でラスをこの場に案内したことに、多少の後ろめたさを覚えているらしい。

「俺を試すつもりか……？　何様だ、そいつは？」

ラスが不機嫌さを隠そうともせずに訊き返す。

そもそもラスに狩竜機を下すと言い出したのは皇帝であり、ラスが自ら望んだわけではない。

それなのに元の持ち主とやらに試されるというのは、明らかに理不尽な話だった。

しかしフィアールカは、逆にどこか面白がるように目を細め、

「それは私よりもきみのほうがよく知っているはずだよ」

「なに？」

「さて……聞いた話では、この先に保管されているはずだけど」

ラスの質問を無視して、フィアールカが煉術の光量を上げた。

大気中の二酸化炭素と水蒸気から錬成された、シュウ酸ジフェニルの化学反応による輝きが、
地下空間の奥に鎮座していた一体の狩竜機を照らし出す。

闇に溶けこむような漆黒に塗られた、威圧感のある機体だった。

「あったよ。あれだ。ヴィルドジャルタ」

「黒い狩竜機……？　またえらく趣味の悪い機体だな」

見知らぬ狩竜機に近づきながら、ラスが正直な感想を洩らす。

狩竜機の色に明確な決まりがあるわけではないが、漆黒の機体というのはめずらしい。ジェ

ントのような演習機ならまだしも、銘入りの狩竜機では、まずあり得ないといっていい。

なぜなら狩竜機は兵器であると同時に、貴族の名誉の象徴でもあるからだ。

味方の兵士や領民を鼓舞するために、狩竜機は華やかな色彩をまとい、美しく飾り立てられるのが普通である。

帯煉粒子を撒き散らしながら戦う狩竜機は戦場では否応なく目立つのだから、わざわざ地味な色に塗る意味がないのだ。

そんな常識を裏切る影のような黒一色の機体は、いかにも不吉で不気味に感じられる。

「趣味が悪い……って、恐れを知らない発言をするね、きみは」

「そうか？　むしろ当然の感想だと思うが……」

驚いたように表情を強張らせている皇女を見返して、ラスは怪訝な表情を浮かべた。

「それよりも、これは……この機体は封印されてるのか……？」

「そうだね。煉気結晶というらしいよ」

フィアールカは狩竜機に近づいて、機体の脚部へと無造作に手を伸ばした。

しかし漆黒の装甲板に触れる直前、カツンと甲高い音を立て彼女の指が弾かれる。狩竜機の機体全体をうっすらと包みこむ、透明な結晶に阻まれたのだ。

磨き抜かれた水晶のような、恐ろしく透明度の高い結晶だった。

琥珀の中に閉じこめられた昆虫のように、漆黒の狩竜機は、透明な結晶の内側に封印されていたのである。

「封印のおかげでこの機体は、空気や温度変化などの外部の影響から完全に遮断されている。分解整備(オーバーホール)が終わった直後の新品同然の姿で、このまま何百年でも保(も)つだろうね。煉気結晶(れんきけっしょう)の硬度はダイヤモンド並だしね」

フィアールカは腰に佩(は)いていた剣を抜き放ち、結晶の表面に叩(たた)きつけた。

だが、結晶の表面は無傷のまま剣は呆気(あっけ)なく弾(はじ)かれる。鋼鉄すら引き裂く煉騎士(れんきし)の斬撃でも、煉気結晶(れんきけっしょう)には傷ひとつつけることができなかったのだ。

「問題は、この封印の解き方が、私たちにはわからないことだけど」

剣を鞘(さや)に納めながら、フィアールカが嘆息する。

ラスは半ば呆(あき)れたように首を振り、

「封印が解けない？　だったらなんなんだ、この機体は。ただの馬鹿でかい置物か？」

「私たちにはわからないってだけだよ。解けないとは言ってない」

「前の持ち主ってやつにはわかるってことか」

「そう。たぶんね」

フィアールカはかすかに肩をすくめて、どこか面白がっているような瞳をラスに向けた。

「この機体が最後に戦ったのは二十七年前。シュラムランド戦争末期にラギリア砂海で起きた砂龍の暴走(スタンピード)にたった一機で立ち向かい、窮地にあったアルギル皇帝の命を救った。いわば伝説の狩竜機だ。もちろんそんな荒唐無稽な戦果が、公式記録に残ることはなかったけどね」

「待て……それって……」

ラスが声を震わせた。ぎこちなく引き攣ったラスの頬から、血の気が見る間に引いていく。

二十七年前の砂龍討伐。その事件に関わっているのは、ラスもよく知っている人物だ。

「そうだよ。この機体の本来の持ち主は、〝黒の剣聖〟だ」

フィアールカが重々しくうなずいて言った。

黒の剣聖フォン・シジェル。大陸全土で四人しかいない最強レベルの煉気使い。商都の娼館〝楽園h〟の女主人であり、そしてラスの剣の師だ。

「そうか……なるほど。そういうことかよ……」

ラスは動揺を必死に抑えて呟いた。

皇帝の恩人であるフォンならば、彼に狩竜機を預けることも可能だろう。この漆黒の狩竜機が、大聖堂の地下で厳重に保管されていたこともうなずける。

「ラス？　どこに行くんだい？」

踵を返したラスの背中に、フィアールカが呼びかけた。

「決まってるだろ。逃げるんだよ」

振り返りもせずにラスが答える。フィアールカは驚いたように目を瞬いて、

「逃げる？」

「こんなところであいつと会ってられるか。どんな目に遭わされるかわかったもんじゃない」

「それはまたずいぶんな言われようだよ。師匠に対して酷いんじゃないかな」

「っ……!?」

闇の中から聞こえてきた女性の声に、ラスは凍りついたように動きを止めた。

声の源は、ラスたちの頭上だ。透明な結晶に覆われた漆黒の狩竜機の肩に、小柄な女性が座っている。

彼女の見た目の年齢はラスたちとほとんど変わらない。

むしろ幼いという印象すら受ける。

印象的な大きな瞳が、闇の中で猫のように金色に輝いていた。肩の長さで無造作に切った黒髪には、緋色の髪束が幾筋も混じっている。高位の煉気使いによくある特徴だ。

彼女が身につけているのは、胸元や腹を大胆に露出した衣装。まるで下着のようなその服の上に、傭兵風の黒革のコートを羽織っている。

皇宮を訪れる人間としては絶対にあり得ないふざけた服装だが、彼女だけはそれが許される。

なぜなら彼女は、〝黒の剣聖〟フォン・シジェルだからだ。

「フォン……!」

「少し会わない間に、ずいぶん出世したみたいだね、ラス。それなのに挨拶にも来てくれないなんて、お姉ちゃんは悲しいよ」

頬に手を当てたフォン・シジェルが、わざとらしく悲しげな表情を浮かべてみせた。

甘えたような彼女の声音に、ラスは激しい戦慄を覚える。

「待ってくれ、フォン！　俺も、皇都には無理やり連れてこられたんだ。おまえとの約束を忘れていたわけじゃない！」

「ふうん……そうなのかな？　本当に？」

必死に言い訳を続けるラスを、フォンは疑わしげに見返した。

「ああ。皇宮からも、おまえの店に使いの者が行ってるはずだ」

「そうみたいだね。でも、アマリエたちが先に相手をしたから、私までは回ってこなかったんだよ。きみの身代わりにするつもりなら、あと五、六人は送ってもらわないと」

「皇宮衛士をなんだと思ってるんだ、おまえら……」

「んふ、上客？」

フォンが、艶やかな唇をちらりと舐める。

使者として商都に派遣された皇宮衛士の運命を想像して、ラスは思わず目元を覆った。

娼館〝楽園h〟の女たちは、全員が客から金を毟り取ることに長けた超一流の高級娼婦だ。そして同時に、フォンに鍛えられた凄腕の煉気使いでもある。

娼館の客としてもてなされていたとしても、あるいは腕試しに勝負を挑まれていたとしても、哀れな皇宮衛士は人生が変わるような衝撃を味わったことだろう。筆頭皇宮衛士であるラ

スとしては、彼が無事に社会復帰できることを祈るだけである。

「そんなことよりも、ラス。昼間の模擬戦はどういうことなのかな？　なんなの、あの無様な戦いは？　アハジアごとき二級品を相手にあんなに手間取って、お姉ちゃんは情けないよ」

フォンがすっと目を細めてラスを見た。

漂いだした冷ややかな殺気に、フィアールカが息を呑む。

「無茶言うな。俺の狩竜機は数打ちの量産機だったんだぞ。相手の固有武装をぶち抜いて倒せただけでも充分だろうが」

ラスは無意識に重心を落として身構えた。

狩竜機の肩に乗る彼女とは、まだ十メートルは離れている。しかし彼女がその気になれば、この距離からでも一瞬で致命的な一撃を叩きこんでくるだろう。そのことを、ラスは誰よりもよく知っている。

「だからといって、あのみっともない技を、熾天剣と名乗ったのは許せないよ。本物の熾天剣がどういうものだったのか、思い出させてあげないといけないよね」

フォンがにこやかな口調で言い放ち、黒革のコートを脱ぎ捨てた。同時に彼女の全身から、凄まじい圧力の煉気が放たれる。

「やめろ、フォン！　こんなところで、おまえの剣技を使う気か⁉」

咄嗟に剣を抜きながら、ラスが叫んだ。

しかしフォンは答えない。

無言で立ち上がる彼女の背中に、緋色に煌めく翼が音もなく広がった。

六対十二枚の巨大な翼。それは短剣状の羽根に覆われた、美しくも凶悪な煉気の刃だ。

黒の剣聖が使う、本物の超級剣技――

表情を凍らせたラスを眺めてフォン・シジェルが妖しく微笑み、次の瞬間、研ぎ澄まされた十二枚の刃が轟音とともに撃ち放たれたのだった。

4

短剣状の羽根を撒き散らしながら、十二枚の煉気の刃が、ラスを包みこむように迫ってくる。

斬撃でありながら、弾幕のように面で制圧する飽和攻撃。それが、黒の剣技十二の基本技の一つ、熾天剣の本来の姿だった。

黒の剣聖フォン・シジェルの、桁外れの煉気量と制御技術がなければ成立しない大技である。

そしてこの技の真の恐ろしさは、撒き散らされた羽根の一枚一枚すべてが、並の煉騎士の渾身の一撃に匹敵する威力を持っているということだ。

優美な技名とは裏腹の、凶悪極まりない超級剣技なのである。

「はぁ……」

荒れ狂う煉気(れんき)の刃の向こう側でにやけるフォンの姿を眺めて、ラスは気怠(けだる)く息を吐きだした。

あらゆる方角から同時に襲ってくる熾天剣(セラフィックブレード)の攻撃を、完全に防ぐ方法は存在しない。

だが、よけることができないわけではない。

すべての攻撃が時間差なく放たれるという性質上、熾天剣(セラフィックブレード)には必ず死角が生じる。

煉気(れんき)の刃同士がぶつかって対消滅するのを避けるため、熾天剣(セラフィックブレード)の斬撃の軌道は交差することができない。その結果、軌道が限定されて、攻撃できない場所が生まれてしまうのだ。

もちろん死角が生まれるのは、ほんの刹那の一瞬だけ。

人間の身体(からだ)がかろうじて滑り込める程度のわずかな隙間だ。

だが、そこに死角が存在する以上、理屈の上では、熾天剣(セラフィックブレード)を破るのは不可能ではない。

そしてその理屈を現実に変えられるのが、剣聖の弟子たる所以(ゆえん)だった。

それができなければ、ラスはとっくに修行中に命を落としていただろう。

「ったく、無茶苦茶しやがって……本気で弟子を殺す気か……！」

暴風でぐしゃぐしゃになった髪を整えながら、ラスは抗議の唸(うな)りを上げた。

無数の煉気(れんき)の刃に裂かれて、ラスの周囲の敷石(しきいし)は跡形もなく砕け散り、扇状の破壊痕だけが残されている。

しかし、その中央に立つラスはほぼ無傷だった。制服の袖や飾(かざ)り紐(ひも)が、わずかに擦り切れているだけだ。

「大袈裟だよ、ラス。ちゃんと手加減してあげたよね？」

　攻撃を切り抜けたラスを見て、フォンが嬉しそうに唇の端を吊り上げる。

「それともこの程度じゃ物足りなかったのかな？　そっか、そうだよね。じゃあ久々に本気で相手をしてあげるよ。よーし、お姉ちゃん、張り切っちゃうぞ！」

　いつになくウキウキとした声でそう言って、フォンは背負っていた剣の柄に手をかけた。

　ラスは唇を歪めて身構える。

　こうなってしまったフォンはもう止められない。ラスは経験上、そのことをよく知っていた。彼女が存分に満ち足りるまで、模擬戦につき合うしかないだろう。フォンは優れた剣の師匠だが、それ以上の暴君なのだ。

　だが、そんなフォンとラスの間に、無謀にも割りこむ人影があった。

　フィアールカだ。

「そこまでだよ、フォン・シジェル」

「あら……」

　そのときになってフォンが、ようやくフィアールカの存在に気づいたように目を丸くした。

　マスクで顔の半分を隠した男装のフィアールカは、怯えることなく平然と告げる。

「ここは神聖な皇家の霊廟だ。たとえあなたが四人の剣聖の一人だとしても、これ以上の狼藉を見逃すわけにはいかないな」

「よせ、フィアールカ！」

ラスは思わず彼女を制止した。

隔絶した力を持つ剣聖は、国家の枠組みに縛られない。

剣聖を裁けるのは、他の剣聖だけ。

一国の皇女であるフィアールカですら、フォンに命令する権利はない。

それどころかフィアールカを斬り捨てても、フォンは罪にすら問われないのだ。

「……フィアールカ？　フィアールカ・ジェーヴァ・アルゲンテア皇女？」

フォンが驚いたように眉を上げた。

男装姿ではあるが、今のフィアールカは女性であることを隠そうとはしていない。

死んだはずの皇女が目の前に現れたことに、さすがのフォンも意表を突かれたらしい。

「へえ。そっか……そういうことかあ」

狩竜機（シャスール）の肩から無造作に飛び降りて、彼女はフィアールカの前にふわりと舞い降りる。そしてフォンは無遠慮にフィアールカの顔をのぞきこんだ。

「そうか、きみが死んだはずのラスの婚約者なんだね」

「っ……！」

突然フォンに尻を撫（な）でられたフィアールカが、びくりと身体（からだ）を跳ねさせた。

いきなり初対面で尻を撫（な）でてくるとは、さすがの皇女も予想できなかったらしい。

もっとも、たとえ予想できていたとしても、フォンの攻撃を避けるのはおそらく不可能だが。

「なるほどなるほど。ラスが急に皇宮衛士になるなんていうから何事かと思ったら、そうか、元カノの肉体に目が眩んじゃったのかあ」

横目でラスを睨みながら、フォンがなにやら一人で納得する。

肉体目当てという彼女の言葉を、ラスはあえて否定しなかった。おそらくそのほうがフォンの理解を得やすいし、否定したところでどうせ無駄だからだ。

「察するに、次期皇帝の継承権を巡る争いで国を割らないように、死んだ皇太子に成りすましていたのかな。国民どころか自分の婚約者まで欺くなんて、天使みたいに綺麗な顔をして、ずいぶん悪いことを考えるんだね、お姫様。いいよ、それ！」

「え？」

まさか賞賛されるとは思っていなかったのか、フィアールカが戸惑ったように目を瞬く。

「そういうなりふり構わないやり方は、嫌いじゃないよ。あなたのこと、気に入ったかも。さすがはラスの惚れた相手だね」

そう言って、フォンは一方的にフィアールカを抱きしめた。

黒の剣聖の予期せぬ行動に、フィアールカはめずらしく硬直していた。

実はフォンのほうが小柄なのだが、フィアールカは抵抗することもできずに、剣聖の為すがままになっている。

「ラスが名誉だの肩書きだのにつられて皇宮衛士になると言い出したのなら、この場で斬り殺すつもりだったんだけど、好きな子のためにやってることなら認めるしかないよね。わかった。お姉ちゃん、許してあげる」

フォンがさらりと恐ろしい言葉を口にした。

ラスは背筋に冷たいものを感じる。横暴に思えるフォンの発言だが、黒の剣技の持つ力を考えれば身勝手とはいえない。剣聖の弟子が私欲でその力を振るえば、国すら傾けることになりかねないからだ。

「では、あなたの狩竜機をラスに譲り渡すことも認めてもらえるのだろうか？」

ようやくフォンから解放されたフィアールカが、冷静に訊いた。

「狩竜機？　ヴィルドジャルタのこと？」

フォンが背後の狩竜機を見上げる。

透明な結晶に覆われた漆黒の機体は、足元での騒ぎなどなにもなかったかのように、静かに鎮座したままだ。

「それとこれとは話が別だよ。そもそもあたしが認めるかどうかなんて関係ないしね」

「どういう意味だ、フォン？」

ラスがフォンに訊き返す。

ヴィルドジャルタがフォンの所有物であるのなら、それをラスに譲るかどうかは、彼女の一存で決められるものだと思っていた。

　しかしフォンの口振りでは、どうやらそうではないらしい。

「どうもこうも、そのままの意味だよ。ジャルタに乗りたいのなら、あの子自身に認めてもらわなきゃ意味がないからね」

「なに……？」

　笑いを含んだフォンの言葉に、ラスは小さく息を呑んだ。彼女の思わせぶりな態度の意味に気づいたからだ。

「そうか……ヴィルドジャルタ……この機体は……！」

「そうだよ。銘入りの狩竜機には、自分の意思を持っている機体も少なくないよね。ヴィルドジャルタも、そういう子たちの仲間なんだよ」

　フォンが狩竜機に近づいて、その表面を覆う煉気結晶に手を触れた。

　石剣でも傷一つつかなかった透明な結晶の表面に、それだけで無数の亀裂が入り、緋色の粒子を撒き散らしながら粉々に砕け散っていく。

　次の瞬間、その緋色の粒子が帯煉粒子と化して、狩竜機の装甲の隙間に吸い込まれた。

　それが呼び水となったように、ヴィルドジャルタの機体が振動する。

　眠り続けた漆黒の狩竜機が、目覚めようとしているのだ。

「さあ、頑張ってね、ラス。お姉ちゃんが応援してるよ」

満面の笑みで手を振りながら、フォンが無責任な口調で言った。

彼女の言葉でラスは気づく。

自らの意思を持つ狩竜機(シャスール)ヴィルドジャルタに、新たな主人だと認めさせる方法——

それは生身でヴィルドジャルタと戦い、相手を屈服させることなのだった。

5

封印から解き放たれた漆黒の狩竜機(シャスール)が、闇の中でゆっくりと屹立(きつりつ)する。

平均的な狩竜機(シャスール)の全高は九メートル超。複数の煉核(コア)を持つ銘入りの狩竜機(シャスール)の場合は、それよりも一回りほど大柄なことが多い。

そしてヴィルドジャルタは、それらよりも更に巨大だった。

全体的なシルエットは、美しいドレスをまとった女神像のようだ。

背中に装着されているのは、翼にも似た左右一対の巨大な武装ユニット。全身を覆う漆黒の鎧(よろい)と相まって、死を運ぶ禍々(まがまが)しい天使のようにも感じられる。

頭部に埋めこまれているのは、闇の中で炎のように輝く三つの眼球だ。

その眼球が瞬(まばた)きするように揺らいで、ぎろりと一斉にラスを見た。

「こいつ……まさか乗り手(ジョッキー)なしで動けるのか……⁉」

狩竜機の視線に攻撃的な意思を感じて、ラスは反射的に背後に跳んだ。

ヴィルドジャルタの巨体が揺らぎ、直前までラスが立っていた場所へと左足を踏み下ろす。

轟音とともに地面が砕け、飛び散った破片がラスを襲った。

「冗談だろ……⁉」

着地と同時に、ラスはうめいた。

ヴィルドジャルタは、間違いなくラスを踏み潰そうとした。搭乗者のいない狩竜機が自らの意思で、生身の人間を攻撃したのだ。

「ラス！」

フィアールカが頰を強張らせてラスに呼びかけた。

彼女が視線を向けているのは、天井を支えるアーチ状の柱だった。

いくら広大とはいえ、しょせんは人工の地下空間だ。こんな場所で狩竜機に暴れられたら、最悪、柱が倒壊して天井が崩落する恐れがある。

そうなれば、地上にある大聖堂や庭園も無事では済まないだろう。下手をすれば、皇宮そのものに被害が及ぶ可能性もある。

そのことは、フォンも当然理解しているはずだ。いくら彼女が剣聖でも、天井が崩れて生き埋めになれば、さすがに脱出は困難だろう。

それでもフォンは動かない。ラス一人でヴィルドジャルタをどうにかしろと、彼女の瞳が雄弁に語っている。最初からわかりきっていたことだが、彼女の助けは期待できそうになかった。

「ラス。自力で動けるとはいえ、相手はしょせん狩竜機(シャスール)だ。乗り手(ジョッキー)の制御には逆らえないように造られているはずだよ」

あてにならない師匠の代わりに、フィアールカが冷静なアドバイスを伝えてくる。

「狩竜機(シャスール)……そうか……」

ラスは口の中だけで呟(つぶや)いた。

無人の狩竜機(シャスール)が攻撃してきたという、あり得ない事実に惑わされていた。だが狩竜機(シャスール)として設計されている以上、あの機体も、煉気使(れんきつか)いによって制御されるように造られているのは間違いない。

事実、ヴィルドジャルタの胸部には、装甲に覆われた操縦席のハッチがある。

その操縦席に乗りこんでしまえば、ヴィルドジャルタの暴走は止められる。

それがわかっているからこそ、フォンは余裕の表情でラスの苦境を眺めていたのだろう。

ラスは呼吸を整えて、体内に煉気(れんき)を張り巡らせる。

煉気(れんき)の性質はいまだ完全に解明されたわけではないが、その正体が人間の体内で増幅された特殊な波動であることは知られている。

その力によって物質や大気中の帯煉粒子(アウロン)に干渉し、超常現象を引き起こすのが煉術(れんじゅつ)だ。

煉騎士(れんきし)の場合は逆に自らの肉体を煉気(れんき)で強化し、超人的な肉体強度と運動能力を手に入れる。

煉気を帯びた筋肉で地面を蹴りつけて、ラスは一気に数メートルの高さまで跳んだ。もちろんヴィルドジャルタのコクピットハッチに取りつくためだ。

だが、ヴィルドジャルタは、そんなラスの動きに反応した。

ラスを執拗に踏み潰そうとしていた漆黒の狩竜機が、突然怯えたように後退する。そして近づくラスを追い払おうとするように、巨大な左腕を振り回した。

「こいつ……⁉」

突っこんできた巨大な腕を蹴りつけて、ラスはヴィルドジャルタの頭上へと跳んだ。さらに地下空間の天井を蹴って、漆黒の狩竜機の追撃をかわす。

「あらら、今のでラスは、ジャルタに完全に敵として認識されたみたいだね」

命からがらで着地したラスを揶揄するように、フォンが楽しげに笑って言った。

「乗り手を敵と見なす狩竜機だと……⁉　そんな理不尽な話があるかよ！」

ラスはたまらず怒鳴り返す。

一連の行動ではっきりした。ヴィルドジャルタは、単にラスの行動に反応しただけではない。あの狩竜機は、はっきりとラスを脅威と認識しているのだ。そしてラスが自分に乗りこむことを阻止しようとしている。

そんな状況で自律行動中の狩竜機によじ登り、操縦席に乗りこむのは容易いことではないだろう。

無人とはいえ、相手はラスの五倍以上の身長を持つ人型兵器だ。直線的なスピードだけなら、狩竜機の加速は人間を遥かに凌いでいる。

煉気で身体能力を強化したラスでも、ヴィルドジャルタの攻撃をかわすのが精いっぱいで、迂闊に近づくこともできない。

これなら生身で魔獣を相手にするほうが気が楽だ。

「どうにかして、あいつの動きを止めなければ無理か……」

だが、どうやって止める、とラスは自問する。

膨大な煉気が放たれる気配とともに、地下空間に澄んだ声が響いたのはそのときだった。

「──【大氷瀑】！」

虚空に複雑な煉術回路が形成されて、周囲の帯煉粒子が変成を開始する。煉成されたのは、過冷却状態になった大量の水だ。

それらはヴィルドジャルタの脚部で完全に実体化し、一瞬でそれを凍りつかせた。漆黒の狩竜機の膝関節と足首が、巨大な氷塊で包まれる。

「フィアールカか！」

煉術の発動を確認すると同時に、ラスはヴィルドジャルタに向かって駆け出していた。

大氷瀑は第八等級の高位煉術。軍属の煉術師でも使える者が少ない高難度の術だ。皇族ならではの破格の才能に恵まれたフィアールカは、それを難なく使いこなす。

脚部を氷漬けにされたことで、漆黒の狩竜機は機動力を完全に失っていた。

でたらめに暴れる狩竜機の両腕を簡単にかいくぐり、ラスはヴィルドジャルタのコクピットハッチへとたどり着く。

しかしハッチの強制開放レバーに手をかけた瞬間、ラスは凄まじい殺気に襲われて頬を引き攣らせた。

「フォン！　てめェ……なんの真似だ⁉」

咄嗟に飛び退いたラスのいた場所へと、無数の煉気の刃が飛来する。

再び地上に落とされたラスが、振り返ってフォンを睨みつけた。

煉気を飛ばしてラスを背後から攻撃し、狩竜機に乗りこむのを邪魔したのが、彼女だったからだ。

「高位煉術を一人で使えるんだ？　やるね、お姫様。ますます気に入ったよ」

怒鳴りつけるラスをきっぱりと無視して、フォンがフィアールカに近づいた。

フォンの口元からは笑みが消え、剣呑な気配が漂いだしている。ラスとヴィルドジャルタの戦いに皇女が煉術で割りこんだことが、彼女の怒りに触れたのだ。

「だけど、それはルール違反だよ。悪い子にはおしおきが必要だね」

「皇家の霊廟での狼藉は許さないと言ったはずだよ。それが剣聖だろうと意思を持った狩竜機だろうとね」

　黒の剣聖が放つ殺気を浴びながらも、フィアールカは表情を変えなかった。フォンの瞳を見返して、動じることなく静かに言い放つ。

「ふーん、やっぱりいいね、きみ。ラスもそうやって誑かしたのかな？」

　フォンがニヤリと獰猛に笑った。彼女の瞳から怒気が消え、代わりにフィアールカに対する好奇心の輝きが浮かび上がる。

「うん、決めた。ラスがここでジャルタに負けたら、きみにはあたしの店で働いてもらうよ」

「あなたの店？　娼館で？」

　フィアールカが唖然としたように訊き返した。

　皇女を娼館に勧誘するというだけでも前代未聞だし、一方的にフォンの側から条件を押しつけてくるのもわけがわからない。

　彼女との賭けに応じる理由が、フィアールカには何一つ存在しないのだ。

「ラスだけが店に出入りして、きみがほかのオトコを知らないのは不公平でしょう？　大丈夫、きみならすぐに人気者になれるよ。あたしがきっちり育ててあげるからね」

　しかしフォンは当然のような口調で言い放ち、可愛らしくウィンクをする。とても五十歳を過ぎた女性のやる仕草ではない。

「なんの話をしてんだ、フォン！　てめぇ……！」

　ラスが殺気立った口調で再び怒鳴った。

しかしフォンは当然のようにそれを聞き流す。

フィアールカはやれやれと小さく首を振り、そしてニヤリと攻撃的に微笑んだ。

「ありがたいお誘いだけど、そんな賭けは無意味だよ。あなたが手懐けられる程度の狩竜機を、ラスが乗りこなせないはずがないからね。私の勝ちは動かない」

「へえ。じゃあ、勝負には乗ってもらえるってことでいいのかな」

「いいとも。だけど私たちが勝ったら、あなたにも代償を払ってもらうよ、フォン・シジェル。あなたには私の命令に従ってもらう。私が望んだときに一度だけね」

銀髪の皇女の瞳が、黒の剣聖を射貫くように睨みつけた。

いかなる国家間の争いにも介入しないこと。それが剣聖に課せられた不文律だ。

しかしフィアールカは、フォンに対して自分のために戦えと言った。

それがフォンにとって、他の剣聖を敵に回すかもしれない致命的な行為であることも知りながら、だ。

「ふふ……それはそれで楽しみだよ」

フォンが笑うように目を細めた。彼女は、フィアールカの出した条件を受け入れたのだ。それはつまりフィアールカが、フォンとの賭けから逃げられなくなったということでもある。

「聞いてのとおりだ、ラス。いつまでもそんなポンコツと遊んでないで、誰が主人かそいつに思い知らせてやってくれ」

フィアールカがラスに平然と呼びかけた。

生身の人間と狩竜機(シャスール)の戦闘力の差は、比較するのも馬鹿馬鹿しいレベルだ。それでもラスがその気になれば、狩竜機(シャスール)が相手でも瞬殺できると確信している皇女の態度だった。

「……ったく、無理難題をさらっと押しつけてくれるな……！」

ラスは苦笑しながらゆっくりと剣を抜いた。

刃渡り一メートルにも及ばない、部分安定化ジルコニアの石剣だ。狩竜機(シャスール)の巨体を相手にするには、あまりにも頼りない武器である。

しかしラスは漆黒の狩竜機(シャスール)を睨(にら)みつけ、剣の切っ先を相手に向けた奇妙な構えを取った。左前半身に構えながら右手だけで剣を持つ、イレギュラーな姿勢である。

引き絞られた弓を連想させるその構えで、ラスは剣身に煉気(れんき)を集めていく。

励起された石剣が発光し、目を焼くような眩(まばゆ)い輝きに包まれた。

「超級剣技(オーバーアーツ)……」

フィアールカが硬い表情で呟(つぶや)いた。その声にかすかな戸惑いが混じっているのは、ラスが彼女の知らない構えを取っているせいだ。

生身の人間が狩竜機(シャスール)にダメージを与えようとするなら、超級剣技(オーバーアーツ)を使うしかない。だとしても、それで本当にヴィルドジャルタを倒しきれるという保証もない。そのことが彼女を困惑させているのだ。

「金剛剣だね。黒の剣技の基本技の一つ……たしかにそれなら、狩竜機の機体も貫けるけれど……」

フォンが面白くなさそうな口調で言う。ラスがヴィルドジャルタを破壊しようとしているのが、おそらく彼女は気に入らないのだ。

それでも、さすがに今度はラスの邪魔をするつもりはないらしい。

「できればこいつは使いたくなかったんだがな……」

超級剣技の構えを維持したまま、ラスはうんざりと息を吐く。

漆黒の狩竜機を傷つけることに、罪悪感を覚えているわけではない。

だが、このくだらない騒ぎを終わらせるためとはいえ、フォンの目の前で超級剣技を使うのは、ラスとしては苦渋の決断だった。ラスが新しい超級剣技を覚えたと知ったら、彼女が再び嬉々として模擬戦を挑んでくるのが目に見えていたからだ。

超級剣技の構えを取ったラスに気づいて、ヴィルドジャルタが、怒りを露わにした。全身から緋色の帯煉粒子を撒き散らし、足元にまとわりつく氷塊を破壊。そのままの勢いでラスに向かって突っこんでくる。

たとえラスが超級剣技を放っても、ヴィルドジャルタの突進は止められない。

だが、それこそがラスの望んでいた展開だった。

自分を踏み潰そうとする漆黒の狩竜機に向けて、ラスは構えていた剣とともに、そこに籠められた煉気を撃ち放つ。

金剛剣――

それは黒の剣技十二種類の基本技の中で、唯一の純粋な突き技だ。ラスがフォンから受け継いだ剣技の中でも、最大の貫通力を誇っている。

直撃すれば狩竜機の装甲を貫き、内部の重要機関に致命的な損傷すら与えることが可能だろう。

しかしラスの攻撃対象は、突撃してくる狩竜機本体ではなかった。

ラスが超級剣技で撃ち抜いたのは、ヴィルドジャルタが着地しようとしていた足元の地面である。

煉気を伴った一撃が、分厚い敷石で覆われた地面をごっそりと深さ数メートルもえぐり取る。

陥没した地面に片足を突っ込んで、漆黒の狩竜機が大きく体勢を崩した。

煉騎士が操縦していれば、その状況にも反応できたかもしれない。しかし今のヴィルドジャルタに、操縦者は乗っていなかった。

そしてつんのめるヴィルドジャルタの無防備な機体へと、ラスは本命の攻撃を叩きこむ。ただしそれは剣ではなく、煉気をまとった素手での攻撃だ。

金剛剣と同じ構えから放たれる、煉気をまとった打撃技――

「九鈷金剛撃……！」

ラスが使った超級剣技の正体に気づいて、フォンが驚いたように目を見張った。黒の剣技の奥義である〝四十八手〟の一つ――金剛剣の上位技、【九鈷金剛撃】。

圧縮された煉気の打撃が立て続けに九発。衝撃波となって、狩竜機の脚部へと突き刺さる。

漆黒の狩竜機は足元を刈り取られ、自らの突進の勢いそのままに吹き飛んだ。

そして背中から地面に叩きつけられるように倒れこむ。

凄まじい轟音と振動が、地下空間を揺るがした。

予想もしない光景に、さすがのフィアールカも固まっている。

超級剣技でヴィルドジャルタを挑発し、相手の加速を利用して転倒させる。それがラスの作戦だった。ラスは生身で、狩竜機の巨体を投げ飛ばしたのだ。

「捕まえたぜ、ヴィルドジャルタ！」

仰向けに倒れた漆黒の狩竜機の操縦席へと、ラスは悠然と乗りこんだ。

ヴィルドジャルタは、それでも抵抗をやめない。

無差別に帯煉粒子を撒き散らし、ラスを威嚇しようとする。操縦者に対する帯煉粒子のフィードバックで、ラスにダメージを与えようとしたのだ。

だが狩竜機から帯煉粒子が流れこんでくるということは、その帯煉粒子を逆に辿って、ラスが機体を掌握できるということでもある。そもそも狩竜機とは、煉気使いに制御されることを前提に造られた兵器なのだ。

ラスが操縦席から流しこんだ煉気が狩竜機の帯煉粒子に干渉し、ヴィルドジャルタの機体制御を奪っていく。

屈辱に怒り狂うヴィルドジャルタの感情が、帯煉粒子を通じてラスに伝わった。

しかしラスは、そんな狩竜機の抵抗を無理やり力でねじ伏せた。これ以上ヴィルドジャルタに暴れられたら、この地下空間が保たないからだ。

『……出テ行ケ』

ラスの脳裏に声が響く。

空気の振動ではなく、帯煉粒子を通じて伝わってくる声だ。

その声の主は間違いなくヴィルドジャルタだろう。機体の自由を奪われたことで、仕方なくラスと会話をすることにしたらしい。

不快な感覚ではなかったが、さすがに驚きは隠せなかった。

狩竜機に話かけられたのは初めてだ。

『ぼくノ中カラ、今スグ出テ行ケ……！』

「悪いが、それは聞けないな。うちのお姫様の処女がかかってるんだよ」

ラスも、煉気を使って狩竜機に答えた。

もともと狩竜機を操縦する際に、煉騎士は煉気を通じて外の音を聞いている。その感覚を応用すれば、煉気で意思を伝えるのはそれほど難しい技術ではない。

『嫌イダ。おまえナンカ嫌イダ……。殺シテヤル……』

ヴィルドジャルタが、生々しい感情を伝えてくる。その言葉から伝わってくるのは、殺意というよりも癇癪を起こした子供のような憤りだった。

「そうか。だが、俺はおまえが嫌いじゃないぜ」

ラスの口元に笑みが浮かぶ。煉騎士の制御を拒む狩竜機。普通ならあり得ない機体だが、ラスにとってそんなヴィルドジャルタの存在は不愉快ではなかった。

戦いを宿命づけられているからこそ、戦う理由は自分で選ぶ。

その在り方はラス自身の理想とも重なるからだ。

『人間ナンカ、スグニ死ぬクセニ……！　ぼくニ乗ッテモ、ドウセスグニ死ぬクセニ……！』

ヴィルドジャルタがラスの言葉に怒りを露わにした。

「なんだ。おまえは乗り手を殺したくなかったのか……？」

ラスは呆気にとられて訊き返す。

この漆黒の狩竜機は、意味もなく乗り手の制御を拒んでいたわけではない。自分に乗った煉騎士が死んでしまうことを恐れていたのだ。

『……中の人間ヲ殺スタメニ、ぼくタチハ造ラレタワケジャナイ』

ヴィルドジャルタが無感情な声で呟く。

ラスは、それがこの機体の本心からの言葉だと感じた。

「だったらなんのためにおまえはいるんだ？」

『ウルサイ……！』

「正直、俺はおまえになんか興味はなかったんだが、気が変わった。フォンのやつがおまえに乗ってた理由がわかったからな」

ラスは、ヴィルドジャルタの操縦席を見回して微笑んだ。

シートの高さやトリガーの位置が、ラスよりも小柄な煉騎士に合わせて調整されている。この機体は間違いなく、黒の剣聖の乗機だったのだ。

漆黒の狩竜機ヴィルドジャルタ。その機体から伝わってくるのは、ラスがこれまで感じたことのない、怪物めいた獰猛な〝力〟だった。

搭載している煉核の数は、確実に十を超えているだろう。

並の煉騎士では、この機体を操ることは不可能だ。まともに動かすこともできないどころか、狩竜機に振り回されて自滅する。

しかしこの機体を乗りこなすことができれば、それは間違いなく狩竜機本来の目的を果たすための助けになる。

そう。狩竜機は龍種と戦うための武器なのだ。

「俺に力を貸せ、ヴィルドジャルタ。俺は死なない。上位龍でも俺は殺せなかったからな」

『……嘘ダ……』

「嘘じゃない。フォンも同じだっただろ？」

『ふぉん……』

ヴィルドジャルタがかすかに動揺する。ラスを完全に拒絶していた狩竜機が、初めて迷いを抱いたようだった。

『おまえハ……ふぉんト同ジ技ヲ使ッタ……』

「ああ。龍と戦うための剣技だ」

ラスが力強く肯定する。この狩竜機は黒の剣技を知っている。フォン・シジェルの乗機だったのだから当然だ。

フォンはかつてこの狩竜機を操り、龍を殺して生還した。

彼女と同じ剣技を使うラスは、ヴィルドジャルタが望む操縦者であるはずだ。

『おまえハ……約束……破ラナイ……？』

ヴィルドジャルタの声から敵意が消えた。

代わりに怯えたような気配が伝わってくる。まだラスを信用したわけではない。信用してもいいのかどうか、不安に思っているのだろう。

「一緒に戦って確かめてみればいいさ」

ラスが突き放すような口調で提案した。

言葉で信じろというよりも、そのほうが効果的だと思ったのだ。

自らの意思を持ち、搭乗者の死を恐れる人型兵器。つくづく奇妙な狩竜機(シャスール)だ。

誰が何の目的でこの機体を造ったのか。そして、フォンがどこでこの機体を手に入れたのか。

いずれ彼女を問い詰めなければ、とラスは思う。

『ウン……ワカッタ、主様(あるじさま)！』

いちおう納得してくれたのか、ヴィルドジャルタが素直にラスの言葉を受け入れる。

そして次の瞬間、狩竜機(シャスール)のコクピットを、眩(まばゆ)い帯煉粒子(アウロン)の輝きが満たした。

煉術(れんじゅつ)の発動によく似た気配だ。だが、脅威となるような感覚は受けない。純粋に帯煉粒子(アウロン)が濃密さを増していくだけだ。

やがて帯煉粒子(アウロン)の輝きが収まると同時に、ラスの眼前に小さな影が現れる。

そしてラスは困惑に顔を歪(ゆが)めた。思わず声を洩(も)らしていたかもしれない。

ある意味では、ヴィルドジャルタが自分を攻撃してきたとき以上の衝撃だ。

狩竜機(シャスール)のコクピットに突然現れた小さな影——

それは獣の耳を持つ、小柄な少女の姿をしていたのだった。

第六章　種馬騎士、王国に潜入する

1

翌朝――

皇太子の居住区内にある筆頭皇宮衛士用の寝室で寝ていたラスは、荒々しいノックの音で目を覚ました。

「ターリオン卿(きょう)、失礼する！」

ノックの返事を待つのももどかしいとばかりに乱暴にドアを開けて入ってきたのは、黒髪の女衛士だった。常に凜(りん)とした雰囲気を漂わせる彼女が、今朝はめずらしく焦(あせ)りを隠せずにいる。

「カナレイカ……？　どうしたんだ、そんなに血相を変えて？　フィアールカの午前の公務は休みになったんだろ？」

ラスが気怠(けだる)げに上体を起こしてカナレイカを見た。

　上半身裸で寝ていたラスだが、その全身のいたるところに真新しい包帯が巻かれている。血の気をなくした肌の色は、まるで墓場から抜け出した死体のようだ。

「だからです、ラス！　殿下がお倒れになったという噂は本当なのですか⁉　いったいなにがあったのです⁉　あなたがついていながら、こんな……！」

「悪いが少し静かにしてくれるか。二日酔いで頭に響くんだが……」

「ふ、二日酔い……？」

　額を押さえて俯くラスを、カナレイカは呆然と見返した。

　ラスの寝室に漂う酒精の臭いに気づいて、彼女の表情がますます険しくなる。

「では、あなたのその傷は……？」

「ああ、これか」

　ラスは包帯まみれの自分の腕を、ひょいと無造作に持ち上げた。

　包帯をもらおうと医務室に立ち寄ったら、たまたま居合わせた聖女が大騒ぎして、こんな重装備になってしまったのだ。

「これは聖女リサーが大袈裟にしただけで、見た目ほどたいした傷じゃない。切り傷と擦り傷、あとは軽い打撲かな。フォンのやつを相手にしたと思えば無傷も同然だ。フィアールカが酒であいつを釣ってくれなきゃ、こんなもんじゃ済まなかったんだろうが……」

「フォン……？　まさか、フォン・シジェル⁉　黒の剣聖が皇宮に来ていたのですか⁉」

カナレイカが驚きに目を見張った。

剣聖は、すべての煉騎士の頂点に立つ存在だ。カナレイカほどの強者ですら、剣聖に憧れ、会ってみたいと考えるものらしい。

やめておけばいいのに、とラスは思う。

「迷惑なことにな。くそ……あいつ、調子に乗って馬鹿みたいに酒を開けやがって……」

ガンガンと痛む頭を振りながら、ラスは弱々しく呟いた。

昨晩、ラスとの稽古を終えたフォン・シジェルは、フィアールカの部屋に押しかけてきて、皇太子秘蔵の酒を浴びるほど呑み、当然のようにラスたちをそれにつき合わせた。そして明け方近くになって、用は済んだとばかりに立ち去っていったのだ。

あとに残ったのは無数の空いた酒瓶と、酔い潰れたラスたちだけである。

体内の酒精を分解する煉術もあるにはあるが、それは肉体への負担が大きく、あまり褒められた行為ではない。結果、ラスたちはこうして二日酔いに苦しみながら、体調が自然回復するのを待っていたというわけだ。

「そういえば昨夜遅くに大聖堂の地下から異様な轟音が伝わってきたと報告にあったのですが、そのこととなにか関係が？」

「ああ。それはヴィルドジャルタの仕業だよ」

カナレイカの質問に、ラスが答えた。

狩竜機(シャスール)の巨体があれだけ暴れ回ったのだから当然だが、ヴィルドジャルタの暴走の気配は、やはり地上にも伝わっていたらしい。原因不明の騒音と振動に、皇宮内ではけっこうな騒ぎになっていたことだろう。

「ヴィルドジャルタ？　あなたが陛下から賜ったという狩竜機(シャスール)ですか？」

意味がわからない、というふうにカナレイカが眉を寄せた。

「賜ったというより、押しつけられたって感じだな。いい厄介払いができて、陛下も清々してるだろうさ」

ラスは肩をすくめて溜息(ためいき)をつく。

ヴィルドジャルタは自らの意思を持ち、勝手に動き回るという規格外の狩竜機(シャスール)だ。封印されていたとはいえ、そんなものを皇宮の敷地内(しきちない)に置いておくのはリスク以外の何物でもないだろう。黒の剣聖からの預かり物でなければ、さっさと放り出したいというのが、おそらく皇家の本音だったはずだ。

そんなところに何も知らずに連れてこられたのが、フォンの弟子であるラスだった。

そこで皇帝は上位龍殺しの報賞という名目で、ヴィルドジャルタをラスに押しつけることにした。あの機体がラスに下賜(かし)された背景には、そんな思惑があったに違いない。今さら愚痴ってても仕方のないことだ。

「最後にもうひとつ質問をしても？」

　カナレイカが眉間にしわを刻んだまま、ますます困惑したような態度でラスに訊く。彼女の視線が向けられていたのは、ベッドに座るラスの足元だ。

「なんだ？」

「その亜人の子供は誰ですか？　まさか女性だけでは飽き足らず、そのような稚児まで皇宮に連れ込んだということなのでは……」

「稚児……？」

　ラスが怪訝な表情で視線を落とした。

　乱れたベッドシーツの上でうつ伏せに寝ているのは、十歳前後とおぼしきほっそりとした子供だった。獣の耳と尻尾を持つ、いわゆる亜人の姿をしている。

　身につけているのは、ラスが貸した白いシャツだけだ。少年と間違えられたのも無理はない。

　しかしその子は、少年ではなかった。

　外見的には少女に近い。だが、厳密にはそもそも生物ですらないらしい。

「ああ、こいつはヴィルドジャルタだ」

「……ヴィルドジャルタ？」

　カナレイカがきょとんとした表情で訊き返す。

　ああ、とラスはぞんざいにうなずいて、

「フォンがいうには、狩竜機の外部端末らしい。帯煉粒子で創り出しただけで、実体があるわけじゃないそうだ。煉術師が生み出す使い魔みたいなもんだよ。本来は自己修復や情報収集のための機能なんだそうだ」

「狩竜機の外部端末……ですか？　あなたの稚児が……？」

「だから俺の稚児じゃないんだが」

ラスはぐったりと肩を落とした。

ただでさえ女好きだと思われているのに、さらに少年にまで手を出していると思われるのは、悪評慣れしたラスとしても、さすがに受け容れがたいものがある。

とはいえ、この外部端末を連れ回していれば、そう思われても仕方のない部分があるだろう。ヴィルドジャルタの外部端末の見た目は、人工物ならではの美貌を備えた十歳前後の亜人の子供なのだ。こんな子供が筆頭皇宮騎士の近くにいるとすれば、それはもうそういう関係以外にあり得ない。

ラスの深い溜息が聞こえたのか、眠っていたヴィルドジャルタがもぞもぞと動いて顔を上げた。大きな黒い瞳で周囲を見回し、カナレイカの顔を見て猫のように髪を逆立てる。

「おはよう、主様！　こいつ、誰？　敵？　殺す？」

「落ち着け、彼女は敵じゃない。ってか、おまえ、人を殺したくないんじゃなかったのか？」

「ぼくが守るのは主様だけだよ。主様の敵は、ぼくがみんな殺すから」

「彼女は仲間だ。仲間、わかるか？」

「仲間、わかる！　一緒に遊んでくれる！　主様(あるじさま)も遊ぼ！」

「間違ってはないんだろうが、おまえ、狩竜機(シャスール)だろ。遊ぶってなんだ……？」

飛びついてくる子供の顔面を片手で受け止めて、ラスは再び息を吐いた。

「そんなわけで、カナレイカ。悪いが、手続きを頼めないか？」

「手続き……ですか？」

「ああ。ヴィルドジャルタの整備と調律が必要なんだが、どうすればいい？」

「ヴィルドジャルタ……ああ、狩竜機本体(シャスールほんたい)のほうですね」

カナレイカが戸惑いながらもうなずいて、少し考えこむような仕草をした。

「わかりました。それはイザイに相談してみます。おそらく皇家の狩竜機(シャスール)に準ずる形で、皇宮内の整備場が使えるかと」

「そうか。助かる」

ラスはホッとしたように胸を撫(な)で下(お)ろす。

狩竜機(シャスール)の維持費は高額だ。それが銘入りの狩竜機(シャスール)ともなれば尚更(なおさら)である。だからこそ狩竜機(シャスール)が、貴族の名誉や財力の象徴となっているのだ。

中央統合軍(セントラル)や皇宮近衛連隊(こうぐうこのえれんたい)の騎兵には、狩竜機(シャスール)の整備費用が手当てとして支払われている。

ヴィルドジャルタのような特殊な機体が、それだけで賄えるとは思えないが、イザイならそのあたりも上手(うま)く誤魔化してくれるだろう。

「あとの問題は、こいつの世話をどうするかだが……」

じゃれついてくる亜人の子供を眺めて、ラスは軽く途方に暮れた。

「そうですね……あなたが彼……いえ、彼女ですか？　とにかくこの外部端末を連れていると、また妙な噂が広まりそうですし」

カナレイカも苦悩するように目を伏せた。こちらについては彼女にも妙案はないらしい。

「それならばシシュカに預ければいいよ」

困り果てたラスたちに声をかけてきたのは、隣室から出てきたフィアールカだった。下着の上にガウンをまとっただけの無防備な姿で、彼女は勝手にラスの部屋へと入ってくる。

「殿下……また、そのようなお姿で……！」

男装もせずにうろついているフィアールカを見て、カナレイカが眉を吊り上げた。

いくら皇太子の私室内とはいえ、不測の事態があれば即座にフィアールカの秘密がバレかねない軽率な行動だ。

しかし皇女は、諫めるカナレイカを、青ざめた顔で見返して頼りなく首を振る。

「すまない、カナレイカ。もう少し静かな声で頼むよ。フォン・シジェルにつき合わされて、少々飲み過ぎてしまってね……」

「殿下もですか……」

カナレイカが呆れたように天井を仰いだ。

「それで、殿下、ヴィルドジャルタをシシュカに預けるというのは……？」

「うーん……その前に、狩竜機(シャスール)と端末の名前が同じというのは紛らわしいね」

ラスの部屋のソファにだらしなく寝そべりながら、フィアールカが指摘する。

「たしかにな」

同感だ、とラスは亜人の少女を見た。銀髪の皇女は満足げにうなずいて、

「というわけで、ラス。この子に名前をつけてくれるかい？」

「名前⁉」

顔を上げた亜人の少女が勢いよく顔を上げ、頭の獣の耳をピクピクと震わせた。どうやら、ものすごく期待しているらしい。

「俺がこいつに名前をつけるのか？」

「今はきみがヴィルドジャルタの所有者(オーナー)でしょう？」

嫌そうに顔をしかめるラスに、フィアールカは容赦なく言い放つ。

そう言われてもな、とラスは面倒くさそうに頭をかいた。

「ヴィルドジャルタってのは、どういう意味なんだ？」

「テロスの古語だね。何物にも縛られない猛(たけ)き心、くらいの意味かな」

「猛(たけ)き心、ね」

思ったよりもそれらしい意味だな、とラスは少しだけ感心した顔をする。

「じゃあ、ココでいいだろ。ココロだと言いづらいからな」

「ココ！　ぼくの名前！」

亜人の少女が目を輝かせ、尻尾を派手に振り回した。

フィアールカとカナレイカは安直な、という表情を浮かべていたが、名付けられた本人が喜んでいる以上、さすがにそれを口にはしない。

「まあ、いいんじゃないかな。本人も気に入ったみたいだしね」

フィアールカが生温かな笑みを浮かべて言う。

「じゃあ、ココは皇宮の侍女見習いとして、シシュカの下につけるよ。西大陸の貴族から預かったことにしておけば、怪しまれることもないだろうからね」

「西大陸……ウルングル王朝か」

ラスが納得したように呟いた。

ネラスタは、橙海で隔てられたアルギル皇国西方の大陸だ。ウルングル王朝はその東岸に位置する大陸で、アルギルとの交易も活発な国である。

そして彼の国は、亜人と呼ばれる種族の人口比率が高いことでも知られていた。

現王朝の君主や貴族の大半が亜人であり、彼らがアルギルを訪問する機会も多い。多少の口裏合わせは必要だろうが、ココの素性を偽るにはちょうどいいだろう。

「見た目が少し若すぎるような気もしますが……」

カナレイカが渋い顔で指摘する。貴族の子女が他国に遊学するのはめずらしくないが、だとしてもココは幼すぎるのではないか、と心配しているのだ。

「聖女の素質があるってことにしておけばいいんじゃないかな」

フィアールカがあっけらかんとした口調で言った。

病身のアルギル皇帝を治療するため、皇宮が高名な医師や治癒煉術師をなりふり構わずかき集めていることは周知の事実である。過去に呼び寄せられた煉術師の中には、ココのような年端もいかない聖女候補もいたはずだ。

「なるほど……それならば皇族居住区に出入りする言い訳にもなりますね」

「またラスの悪評が広まるのは避けられないだろうけどね」

カナレイカがあっさりと納得し、フィアールカはクスクスと愉快そうに笑った。

「イザイあたりに預けておくわけにはいかないのか？」

ラスが不機嫌そうに唇を歪めて言う。

「万一のことを考えたら、ラスの手元に置いておいたほうがいいだろうね。ココはこの距離でも本体の狩竜機を動かせるんでしょう？」

「できるよ。ここにぼくを持ってくればいいの？」

フィアールカに訊かれて、ココが答える。

その返事に、ラスとカナレイカがギョッと目を剝いた。

こんな皇宮のド真ん中に狩竜機が出現したら、とんでもない騒ぎになるのは確実だ。もしそんなことになれば、ラスの首だけで済むとは思えない。最悪、皇宮近衛連隊そのものが解散させられてもおかしくない、前代未聞の大事件だ。

「まだだよ。必要なときはラスが指示を出すからね」

フィアールカは平然と笑ってココを諭す。

「わかった！　主様が言うまで待ってる！」

狩竜機の外部端末である少女が、そう言って無邪気にうなずいた。

彼女の正体が狩竜機なのだと、ラスは今さらのように実感する。

ココには善悪の判断はない。ラスの命令だけが絶対なのだ。

自ら起動して乗り手の元へと駆けつける狩竜機。それは時として強力な切り札にもなり得るが、予想もつかない大惨事を引き起こす可能性もある。今さらながらとんでもない狩竜機を押しつけられたものだと、ラスは酷くなった痛みに頭を抱えた。

「そんなわけで、シシュカ。ココのことを任せるよ」

「かしこまりました」

皇太子付きの侍女であるシシュカ・クラミナが、フィアールカに呼ばれて平然と答えた。ココの正体を知りながら表情すら変えない、相変わらず豪胆な侍女である。

「まずは服をどうにかしなければなりませんね。いらっしゃい、ココ」

「ぼくに命令していいのは、主様だけだよ」

「そうですか。着替えたらお菓子をあげようと思っていたのですが」

「お菓子⁉　行く！」

説得とすら呼べないシシュカの説得に、ココはあっさりと籠絡された。

狩竜機の外部端末が菓子を喰うのか、とラスとカナレイカは衝撃を受ける。つくづく常識外れのふざけた狩竜機だ。

「フォンがあいつを封印してた理由がなんとなくわかってきたな……」

ラスは真顔で独りごちた。

ヴィルドジャルタほどの強力な狩竜機をフォンがあっさりと手放したのは、単純に手に負えなくなったからではないか、という気がしたのだ。

「だけど、これで最低限の恰好はついたよ。皇国の筆頭皇宮衛士が自前の狩竜機も持ってないという状況は、さすがに締まらないからね。どうにか間に合ったというところかな」

のろのろと起き上がったフィアールカが、少しだけ真面目な口調で言う。

「間に合った？」

「きみが呼ばれた本当の理由、まさか忘れたわけじゃないだろうね？」

「シャルギアの王女を口説き落とせって話か」

ラスが渋々と質問に答える。思い出したくなかった、という表情だ。

「シュラムランド同盟会議が始まるのは二十二日後だ。一週間前には私も現地入りする予定だけど、もうすでにかなりの数の人間がうちの国からシャルギア王国に向かってる。事前の打ち合わせを行う文官や武官。あとは民間の商人や護衛の傭兵たちもね」

「人が集まれば、金も動くからな。利に聡い商人なら見逃す手はないか」

当然だろうな、と呟くラス。

シュラムランド同盟とは、シャルギア王国、ダロル共和国、アガーテ大公国と、アルギル皇国によって結成された四カ国軍事同盟だ。

それら四国の要人が一カ所に集まれば、随伴する官僚や護衛だけでもかなりの人数になる。そこに新聞記者や他国の情報機関などが群がり、さらには彼らを相手に商売しようとする商人たちが大陸全土から押し寄せてくる。

結果的に会議の舞台となるシャルギアの王都が、凄まじい賑わいになるのは間違いない。

「べつにそれが問題というわけじゃない。国際会議には商業の振興策という側面もあるからね。問題なのは彼らに交じって、皇国内の暗殺組織が人を送りこんでるってことだ」

「暗殺組織……!?」

「本当なのですか、殿下!?」

ラスとカナレイカが表情を険しくした。

フィアールカは重々しく首肯する。

「それなりにたしかな筋からの情報だよ」

「おまえとティシナ王女の結婚を邪魔するのが目的か？」

「それだけとは限らないが、可能性は高いだろうね」

他人事(ひとごと)のように冷静な口調で皇女が続けた。

アルギル皇国の皇太子とシャルギア王女の結婚を、阻止したいと考える勢力は少なくない。たとえば、自分の血族の娘を皇太子の正妃にしようと画策するアルギル国内の有力貴族や、皇国と王国の同盟強化を厭(いと)わしく思う敵対国の関係者だ。

中には暗殺という強硬な手段に訴えてでも、それを実現しようとする者もいるだろう。

もちろん暗殺者に狙われるのが、シャルギアのティシナ王女だけとは限らない。危険なのは、皇太子アリオール――すなわちフィアールカも同じである。

ただ、フィアールカが暗殺されるぶんにはアルギル国内の問題で済むが、狙われたのがティシナ王女の場合はそうはいかない。シャルギア王女の暗殺がアルギルの都合で実行された場合、両国の関係悪化は避けられない。

「というわけで、きみには彼らの殲滅(せんめつ)を頼むよ、ラス。ティシナ王女が殺されてしまったら、私たちの計画も台無しだからね。それどころか最悪、戦争の火種になりかねない」

二日酔いとは思えない、しっかりとした口調でフィアールカが命じる。

「厄介事が多すぎるだろ」

ラスは思わず天を仰いで、虚ろな表情で呟くのだった。

2

四日後。ラスは、シャルギアの王都を訪れていた。

シャルギア王国は、広大なカブラス山脈地帯を挟んだアルギル皇国の隣国である。

小国ではあるが長い歴史を持ち、故にシャルギア王家の権威は他国からも一目置かれている。

この国の王都が、しばしば国際会議の舞台に選ばれるのもそのためだ。

巨大な湖の畔にある王都バーラマは、芸術や文化の中心地として知られる美しい街だった。

城を囲む市街地には水路が整然と張り巡らされ、街を囲む白亜の市壁すら、どこか優美な印象を受ける。

そんな美しい都の玄関口である陸港には、ここ最近、大陸各地から多くの隊商が押し寄せていた。間もなく王都で開催される、シュラムランド同盟会議の特需を当てこんでいるのだ。

その結果、入国審査を待つ人々で検査場は凄まじく混み合っている。

「タラス・ケーリアン……傭兵か？」

入国審査を担当している審査官が、渡された申請書を眺めて質問する。

陸港に隣接する狩竜機用の格納庫である。

危険に満ちた国境付近の荒野を少しでも安全に移動するには、護衛の狩竜機は欠かせない。

だからといって強力な兵器でもある狩竜機の持ちこみを、無制限に認めるわけにもいかない。

そのため狩竜機を持つ煉騎士の入国審査は、通常の旅行者よりも遥かに厳重だ。当然、審査官の機嫌を損ねると面倒なことになる。高圧的な審査官に対しても、入国希望者たちは笑顔で応対するしかない。

「いちおう煉騎士だよ。田舎の商隊の雇われだけどな」

ラスは愛想よく笑って質問に答えた。

タラスというのは、ラスの偽名だ。皇国の筆頭皇宮衛士であるラスが隣国の王都に来たと知られると、なにかと面倒なことになる。そこで事前に身分証を偽装しておいたのだ。

偽装とはいえ、アルギル皇国発行の正式な旅券だ。万一にもバレる心配はない。

「書類は？」

「皇国の出国許可証があればいいんだよな？　商業組合の登録証も見るかい？」

「ふん。空搬機の積み荷は……狩竜機か？　ずいぶん貧相な機体だな？」

ラスが乗ってきた空搬機を一瞥して、審査官が呆れたように呟いた。

見慣れない型式の漆黒の機体だ。

翼を折りたたんだ待機状態とはいえ、格納庫内にあるほかの空搬機に比べてふた回り以上小さい。本来なら輸送用のコンテナがあるはずの胴体部分もスカスカで、内部の骨格が剝き出しになっている。装甲板に至っては明らかなツギハギだ。貧相という審査官の感想も、あながち的外れなものではない。

「これでもうちの領地に代々伝わる大切な機体なんだ。丁寧に扱ってくれよ」

「安心しろ。この港の警備は万全だ。それでなくとも、こんな見窄（みすぼ）らしい空搬機（カラドリウス）をわざわざ盗むやつがいるとも思えないしな」

突き放すような口調で言いながら、審査官はラスの旅券に入国許可のスタンプを押した。言いがかりをつけて賄賂を要求しなかったあたり、この審査官は真面目な人間らしい。役人の質がいいということは、王都の治安にも期待できるだろう。王族の命を狙う暗殺者にとっては、動きにくい環境ということになる。

「国際会議が近いせいで、王都の衛兵がピリピリしてる。騒ぎを起こしてくれるなよ」

「ああ、気をつけるよ」

無愛想に言い残して立ち去る審査官に、ラスはひらひらと手を振った。

そして取り出した懐中時計に目を落として、息を吐く。

面倒な入国手続きに予想外の時間を取られてしまったが、目立つことなく王国に入りこむという目的は達した。

シュラムランド同盟加盟四カ国による国際会議が始まるのは、十八日後。

その会議には、アルギル皇国皇太子アリオール・レフ・アルゲンテアも出席して、彼はその場でシャルギアのティシナ王女と偶然出会うことになっている。もちろんその偶然は、両国の外交官僚たちによってあらかじめ決められた筋書き(シナリオ)だ。

本来はラスも皇太子アリオールの護衛として、彼と同じタイミングでシャルギア入りすることになっていた。

その予定が狂ったのは、ティシナ王女が暗殺組織に狙われているという情報のせいだ。王女暗殺が実行される前に組織が派遣した暗殺者たちを捜し出し、可能なら組織ごと殲滅(せんめつ)する——ラスは、そのために先行してシャルギアに潜入することになったのだ。

問題は、暗殺組織についての手がかりがほとんどないこと。

そして時間と人手が圧倒的に足りないことである。

皇太子と王女との婚約が秘密裏に進められている関係上、暗殺を防ぐための人員を、アルギル皇国が表立って派遣するのは難しい。

だからといってシャルギア王国の戦力を借りるのも論外だ。アルギル国内の暗殺組織がティシナ王女を狙っているなどという情報を、王国側に知られるわけにはいかないからだ。

結果的にアルギル皇家にできたのは、王国内に潜ませていた〝銀の牙〟の密偵を総動員して情報収集を行うこと。そしてラスたち少数の戦力を、シャルギアに派遣することだけだった。

国際会議の七日前にシャルギアに到着する皇太子アリオールは、その夜に、ティシナ王女と面会する予定になっている。

王女は今回のイベントの会期中、アリオールの饗応役（きょうおうやく）として行動を共にするのだ。

当然、暗殺組織としては、そのタイミングで王女暗殺を決行しようとするだろう。皇国と王国の関係悪化を決定的なものにするためには、それがもっとも効果的だからだ。

つまり暗殺組織の排除に使える時間は、残り十日ほどということになる。勝手のわからない異国で、どこにいるとも知れない暗殺者たちを捜し出すには、あまりにも厳しい条件だ。

「うー……あいつ、ヴィルドジャルタのこと、貧相って言った！」

空搬機（カラドリウス）から降りてきた獣耳の少女が、遠ざかる審査官の背中を睨（にら）んで眉を吊（つ）り上（あ）げていた。

狩竜機（シャスール）ヴィルドジャルタの外部端末である彼女も、今回はラスに同行していた。もちろん理由があってのことである。

「落ち着け、ココ。今はおまえが自力で飛べるなんてことを知られるわけにはいかないんだ。馬鹿にされてるくらいのほうが、俺たちにとっても都合がいいんだよ」

放っておくと審査官を攻撃しかねない彼女の首根っこを、ラスはぞんざいに引っつかむ。

ラスが乗ってきた空搬機（カラドリウス）の中身は、ココの本体である狩竜機（シャスール）ヴィルドジャルタだった。

銘入りの狩竜機（シャスール）の多くは、それぞれが独自の固有武装を持っている。

そしてヴィルドジャルタの持つ固有武装は、飛行（フライト）ユニットだ。すなわち漆黒の狩竜機（シャスール）は自力で空を飛ぶことができるのだ。

飛行可能な狩竜機（シャスール）の前例がないわけではないが、めずらしいことに変わりはない。もしヴィルドジャルタが飛べることがバレたら、その素性に興味を持つ者が出てこないとも限らない。そしてヴィルドジャルタは曲がりなりにも、黒の剣聖が使っていた機体である。見る者が見ればすぐに正体がバレるだろうし、そうなればアルギル皇家とのつながりも露見する。

そこでラスたちはヴィルドジャルタに張りぼてのガワを着せ、無理やり空搬機に擬態させたのだ。たしかに不格好な見た目になってしまったが、審査官の目を誤魔化せるレベルに仕上げただけでも上出来だろう、とラスは思う。偽装を担当したイザイたちの苦労も報われた、というものだ。

しかも狩竜機を積んだ空搬機では、国境を越えるような長距離飛行はできないが、余分な荷物を持たないヴィルドジャルタの航続距離には余裕がある。

結果的にラスたちは、ひと晩でシャルギアの王都まで辿り着くことができた。

通常の陸船では一週間以上かかることを思えば、劇的な時間短縮だ。

見ず知らずの審査官に馬鹿にされたからといって、その価値が損なわれるわけではない。

それでも納得がいかないのか、ココは低く唸りながら八重歯を剝いている。

「ウー……見窄らしいって言われた！　あいつ、ぶっ飛ばす！」

「わかったわかった。このあと美味いもの喰わせてやるから、機嫌直せ」

「美味いもの!?　ケーキ!?　シャルギアのケーキは美味しいって、フィアールカが言ってた！」

「フィアールカ……またそんな余計なことを……」

ココがあっさりと気持ちを切り替えて、目を輝かせながらラスを見た。

芸術と文化の中心地である王都バーラマは、同時に美食の街でもある。たしかにここでならケーキの美味（うま）い店を探すのは難しくないだろう。

「菓子で幼女のご機嫌取りとは、ずいぶんお優しいことですね。さすがは極東の種馬（ザ・スタリオン）。相手が子供でも見境なしですか」

ココの背後から現れた女が、皮肉っぽい口調で呼びかけてくる。

銀色の髪と、菫色（すみれいろ）の瞳。見た目も声も、フィアールカと区別できないほどにそっくりだ。

しかしラスを見る彼女の目つきは冷ややかで、言葉はどこか刺々（とげとげ）しかった。

アルギル皇宮の皇太子補佐官、エルミラ・アルマス。皇女フィアールカの護衛である彼女が、なぜか今回はラスに同行しているのだ。

「幼女ってか、こいつは狩竜機（シャスール）の外部端末だぞ」

ココの首根っこを無造作につかんだまま、ラスが反論する。

見た目は幼女でも、ココの正体は人間ではない。帯煉粒子（アウロン）によって生み出された擬似生命体――ヴィルドジャルタのコミュニケーションユニットだ。

「なるほど。女性型であれば、人間でなくても構わないと」

「なんでそうなる⁉」

「まあ、個人の性癖に対して口を出すつもりはありませんが」

「だから性癖ってなんだ⁉」

「ところで、アルギル皇国の筆頭皇宮衛士(ガード・オブ・シルバー)なら外交特権で入国することもできたはずですが。面倒な手続きをしてまで、どうしてわざわざ平民のふりを？」

ラスの抗議を無視して、エルミラは一方的に話題を変えた。

それなりの貴族や役人であれば、他国の人間であっても様々な配慮や特権が受けられる。少なくとも入国審査の手続きに、半日も待たされることはないはずだ。

しかしラスは、あえて身分を隠したままシャルギアに入国した。その結果として、かなりの時間をロスしている。エルミラにとっては、それが不満なのだろう。

「暗殺者を捜さなきゃならないのに、目立つと動きにくくなるからな」

「あなたが一人で動き回ったところで、なにができるとも思えませんが」

「……さっきから感じてたんだが、きみは俺に対する当たりがきつくないか？」

「警戒対象であるあなたに対して、なぜ私が気を遣う必要が？」

さすがに不機嫌な表情を浮かべたラスに、エルミラは不思議そうに訊(き)き返(かえ)した。

ラスは困惑してエルミラを見る。

「俺には、きみを敵に回したつもりはないんだが？」

「殿下につきまとう害虫は、すべて私の敵です」

「害虫？」

「黒の剣聖の弟子だかなんだか知りませんが、フィアールカ殿下が兄君を亡くしていちばん苦しんでいた時期に娼館に入り浸っていたような男が、害虫以外のなんだというのですか。それなのに厚かましくも筆頭皇宮衛士になって、殿下と同じ部屋で寝泊まりするなんて……」

エルミラがラスを睨んで淡々と告げた。

感情の籠もらない平坦な口調でありながら、早口で妙な凄味がある。

「あー……もしかして、それはやきもちを焼いているということか？」

「そうですよ。当然でしょう。私の人生はフィアールカ殿下のためだけにあるのですから」

平然と言い放つエルミラに、ラスは言葉を失った。

たしかに彼女の言い分もわかる。

エルミラは、もともとフィアールカの影として育てられた密偵だ。

表向きフィアールカが死んだことにされている今も、その役目は変わらない。むしろ、身代わりである彼女の重要性は増している。

そんなエルミラがフィアールカに対して単なる忠誠心以上の感情を抱くのは、考えてみれば当然のことだった。

もっともそれを知らされたからといって、ラスにできることはなにもないのだが――

「そうか。フィアールカのことをそこまで大事に思ってくれる味方がいてくれてよかったよ」

「その彼氏ヅラした上から目線の物言いが実に不愉快です」

「そいつはすまなかったな。それなのに、俺につき合ってシャルギアに来てよかったのか？」

「不本意ですが、殿下の命令ですから仕方ありません。国際会議に出席する殿下に身代わりが必要になるとしたら、そちらのほうが問題ですしね」

「まあ、それもそうか……」

フィアールカの身代わりが必要になるということは、彼女がお忍びでどこかに出かけているということだ。外交の準備で忙しい彼女が、この時期に勝手に出歩いたら大問題である。

逆にフィアールカが皇宮内で真面目に仕事をしている間は、エルミラの出番もないということになる。エルミラ本人は不本意だろうが、シャルギアに行けという皇女の命令を断ることはできなかったのだ。

「それに暗殺者の捜索には、シャルギア国内に潜入している諜報員の力を借りる必要があります。彼らとの交渉は私にしかできませんから」

「銀の牙の密偵か……」

銀の牙と呼ばれる一族は、歴代のアルギル皇帝に仕える隠密集団だ。彼らからの情報提供が受けられれば、ラスたちの仕事は格段にやりやすくなるだろう。

とはいえ、他国に潜伏中の諜報員と簡単に接触することはできない。

その点、同じ銀の牙の一員であるエルミラは、彼らとの連絡役には最適だ。

「シャルギア支部には、すでに協力を依頼してあります。先方からの接触を待たなければならないので、実際に情報が手に入るまでには少し時間がかかりますが」

「そうか。じゃあ、俺たちはそれまで王都観光でもしておくか」

「我々は、王都(バーラマ)に遊びに来たわけではないのですが」

エルミラが、ラスを睨(にら)んで溜息(ためいき)をついた。そう言いながら彼女がいそいそと取り出したのは、シャルギア王都の観光ガイドブックだ。そしてエルミラは真面目ぶった表情で咳払(せきばら)いして、

「——ですが、地理の把握にもなりますし、まあいいでしょう。やはり最初は食事でしょうか。この時間帯なら広場に屋台が出ているはずです」

「え？　あんたも一緒に来るのか？」

「私を置いていくつもりだったのですか⁉」

ラスの何気ない発言に、エルミラが衝撃を受けたように目を見張る。

そんな彼女の反応に、むしろラスのほうが驚いた。エルミラは、どうやら王都観光をラスたち以上に楽しみにしていたらしい。

そんなに観光がしたければ一人ですればいいとラスは思うのだが、エルミラとしては、ラスの監視という名目でなければ仕事をサボれない、と考えているのかもしれない。

「あー……いや、俺のことを敵だと言ったのはあんただろ」

「警戒対象だからこそ目を離さないようにしているのです」

呆れた口調で指摘するラスに、エルミラが取り繕ったように言い訳する。あくまでも仕方なくラスたちと行動を共にしているというスタンスを崩すつもりはないらしい。

だが、澄まし顔でラスにそう言い放った直後、エルミラのお腹が、ぐう、と大きな音で鳴る。

表情を凍りつかせたエルミラの頬が、たちまち赤く染まっていった。

ラスは噴き出しそうになるのを我慢しつつ、温かな眼差しをエルミラに向ける。

「あー……とりあえず、飯にしようか」

「ごはん！」

ココが頭の獣耳を震わせながら目を輝かせた。

そしてエルミラは、無言でラスの肩を、握りこぶしでポカポカと叩き続けたのだった。

3

観光を終えたラスたちは、王都の中心街にある小さな宿に部屋を確保した。

宿代が相場よりも高かったのは、国際会議が近いせいだろう。近隣諸国から商人や傭兵たちが押し寄せてきているせいで、安宿は軒並みどこも満室になっているらしい。

ラスとココ、そしてエルミラが同じ部屋で寝ることになってしまったのも、その影響だった。宿の空き室が一部屋しかなかったのだ。

「この線からこちら側が、私の領地です。絶対に踏み越えてこないように。いいですね。もし私になにかしようとしたら、殿下に言いつけますからね！」

エルミラが、宿の床にロープを張りながらラスに宣言する。極東の種馬（ザ・スタリオン）と呼ばれる男と同じ部屋に泊まるということで、神経を尖（とが）らせているらしい。雛（ひな）を抱えた猛禽（もうきん）なみの警戒ぶりである。

「あー、わかったわかった。心配しなくてもなにもしないよ。ココもいるしな」

「その子が狩竜機（シャスール）の外部端末だと言ったのはあなたではないですか」

エルミラは、疑念の眼差（まなざ）しをココに向ける。見た目は幼い子供でも、ココの中身はラスに従う狩竜機（シャスール）だ。ラスがエルミラに狼藉（ろうぜき）を働こうとした場合、それを止めるどころか、ラスに協力するのではないかと疑っているのだろう。

もっともエルミラがそこまで警戒するのも、自意識過剰とは言い切れない。なにしろ彼女の容姿は、フィアールカに瓜二（うりふた）つ——ラスの最愛の人物とそっくり同じなのだ。フィアールカの代替品としてラスが自分に手を出すのではないかと、エルミラが恐れるのはむしろ当然だった。

実際のところ、ラスから見れば、彼女とフィアールカは似ても似つかないのだが——

「エルミラ、頼みがあるんだが」

「な、なんですか⁉　言っておきますが、私を口説こうとしても無駄ですからね。私は決して殿下を裏切るようなことはしませんから——」

エルミラがベッドの上に座ったまま、両手で胸元を隠すような姿勢で後ずさる。わざとやっているわけではないのだろうが、むしろラスを誘っているかのような仕草である。

「そうじゃなくて、ココの世話を任せていいか？　俺はちょっと出かけてくるから」

「出かける？　こんな時間から、いったいどこに……？」

エルミラは、すっかり暗くなった窓の外に目を向けて眉を寄せた。そしてハッと目を見張る。

「まさか娼館に行くつもりですか⁉　殿下の目が届かないのをいいことに……⁉　わ、私があなたの相手をしないせいで……⁉」

「違う！　酒場だ、酒場！　情報収集の基本だろ」

ラスはうんざりした表情で、エルミラの思いこみを訂正する。

ベッドの上に転がってくつろいでいたココが、その言葉を聞いてガバッと顔を上げた。

「酒場、知ってる。美味しいごはんがある。ココも一緒に行きたい」

「では、私も同行します。行き先が娼館でないのなら、べつに問題はありませんよね？」

エルミラもココに便乗して、ラスを睨みながらそう主張する。

好きにしてくれ、とラスは肩をすくめた。

そして三人は、夜の王都に繰り出すことになったのだった。

「酒場などという紛らわしい言い方ではなく、傭兵ギルドに行くのなら最初からそう言ってくれればいいではありませんか」

不機嫌な顔でラスを睨むエルミラが、そう言って水代わりの薄めた果実酒をすすった。

大衆食堂に近い雰囲気の、明るく開放的な酒場である。

陽が暮れてからまだ間もないが、ほどほどの広さの店内は六割ほどが埋まっている。

客の大半は、傭兵やその見習いだ。帯剣している者も多い。

そんな中で、並外れた美貌を持つエルミラと、亜人の少女であるココはだいぶ浮いている。

「騙そうと思ったわけじゃない。傭兵稼業をやってる煉騎士が〝酒場〟といえば、たいていギルド本部のことだからな」

「あなたの言葉は信用できませんが、そういうことにしておきます」

反省の素振りを見せないラスの言葉に、エルミラは恨みがましい溜息をついた。

傭兵ギルドは、フリーの煉騎士や煉術師のために、仕事の斡旋やサポート業務を行う互助組織だ。組織としては各国ごとに独立しているが、登録した協会員の情報は共有されているため、他国の傭兵でも問題なくサービスを利用することができる。

そして傭兵ギルドの建物には、なぜか伝統的に酒場が併設されており、地元の傭兵たちの溜まり場になっていた。安くて美味い食事にありつけるというだけでなく、情報収集にはもってこいの環境なのである。

さらに意外なことに、シャルギアの傭兵ギルドではスイーツメニューにも力を入れているらしく、ココはご機嫌な顔で念願のケーキを頬張っている。

そしてラスはギルドの窓口に向かうでもなく、のんびりと食事を続けていた。

そんなラスたちのテーブルに近づいてくる者がいた。

いかにも傭兵然とした風貌の二人組だ。

「よう。あんたら、見ない顔だな」

最初に声をかけてきたのは、がっしりとした体格の男性。年齢は三十代半ばといったところだろう。煉騎士特有の軽装の鎧をまとい、背中には大振りな石剣を背負っている。

彼らの接近に、即座に動いたのはエルミラだった。

何気ない仕草を装って、袖口に隠した短剣をいつでも抜けるように身構える。

暗殺任務をもこなす密偵の一族だけあって、実に自然な隙のない動作だ。

しかし二人組の男たちは、そんなエルミラの動きに素早く反応した。

「待て待て。誤解しないでくれ。あんたたちに喧嘩を売りに来たわけじゃない」

二人組の片割れ——ひょろりと痩せた男が慌てたように釈明する。

身につけている装備からして、おそらく煉術師なのだろう。エルミラが洩らすわずかな殺気を察知できたのも、煉気の専門家ならではだ。

「そっちの綺麗な姉さんは、見た目に似合わず相当な腕だな。優男の兄さんのほうは……よくわからんがどうやら只者じゃなさそうだ。はっきり言って得体が知れねえ」

両手を上げて抵抗の意思がないことを示しながら、煉騎士の男が苦笑する。

ラスは感心したように目を眇めながら、男たちに人懐こく笑いかけた。

「それに気づくあんたたちもたいしたものだな。おかげで計画が狂ったよ」

「ハッ……そんなことだろうと思ったぜ。女子供連れでこんな店に来てたのは、相手の実力もわからずに喧嘩を売ってくる馬鹿どもを挑発するためか」

煉騎士の男が、迷惑そうに肩をすくめて指摘した。

ラスが酒場に来た目的は情報収集。

しかし見ず知らずの異国人に対して、貴重な情報を気前よく教える傭兵など滅多にいない。いたとしても、そんな人間が口にする情報の信頼性は限りなく低い。情報に通じている人間ほど、何気ない噂話の持つ価値をよく理解しているからだ。

もちろん、そんな抜け目のない人間の口を割らせる方法もいくつかある。

手っ取り早いのは、金と縁故だ。信用できる人間が紹介してくれた相手に、価値に見合うだけの対価を払えば、情報の信用性はいっきに跳ね上がる。

しかし潜入捜査中のラスとしては、金や縁故は使いづらい。気前よく金をばらまけば否応なく目立つし、縁故を使えば必然的に自分の正体を明かすことになるからだ。

そこで次善の策としてラスが選んだのは、よりシンプルな手法だった。

暴力である。

エルミラやココのような場違いな人種を連れて酒場に行けば、血の気の多い傭兵が絡んでくる可能性は高い。彼らを挑発して喧嘩を売らせ、その上で完膚なきまでに叩きのめす。

そして彼らを見逃す代償として、知っている情報をすべて吐かせる。

自分たちの命がかかっていれば、相手も素直に知っていることを話さざるを得ないし、売られた喧嘩ならば多少やり過ぎても心が痛まない。なにより手間がかからないのがいい。

そんなラスの考えに気づいて慌てて声をかけてきたのが、この二人組だったというわけだ。

「そういう揉め事は勘弁してくれ。それでなくても国際会議だかなんだかの準備で、最近は、衛兵どもが殺気立ってやがるんだ」

煉騎士の男が、真剣に困ったような顔で懇願する。

どうやら彼らは、このギルドに出入りする傭兵たちの世話役のような立場にいるらしい。ラスやエルミラの実力を見抜いたことからも、それに見合う実力も持っているようだ。

「そいつはすまなかった。だが、ちょうどいい。酒を奢るから少し話を聞かせてくれないか？」

ラスは、そう言って二人に席を勧めた。

エルミラもラスの意を汲んで、彼らのための酒を注文する。

信用できる人間から話を聞けるのなら、あえて揉め事を起こす必要もないのだ。

「この話の流れじゃ、さすがに断りづれえな」

煉騎士の男が、頭を掻きながら相方を見る。

煉術師の男は諦めたように溜息をついて、ラスの向かいの席に腰を下ろした。

「いいだろう。なにが訊きたいんだ？」

「王族の評判を教えて欲しいんだ。特にティシナ王女について」

「ティシナ王女？」

「なんでまた、そんなものを知りたがるんだ？」

二人組が怪訝な表情でラスを見る。

ラスは男たちに顔を寄せ、思わせぶりに声を潜めて言った。

「くだらない話なんだが、実は俺たちの雇い主の息子が適齢期でな。父親としては家柄に箔を付けるために、シャルギアのやんごとなき血筋の方との婚姻を望んでいるらしい」

「ははあ……なるほど。あんたたちは、どこぞのお貴族様の使いというわけか」

煉術師の男が、納得したように小さく笑う。

小国の姫とはいえ、王族は王族。ティシナ王女を妻に娶ろうというのなら、夫にもそれなりの家格が必要になる。

　最低でも高位の貴族か、それに準ずる立場の人物。同格の王族であればより望ましい。アルギル皇国でいえば、四侯三伯か、あるいは皇太子アリオールがそれに相当するだろう。

　そして婚約を打診するに当たって、相手の評判を調べるのは貴族としては当然のことだ。ラスは、自分たちがその調査をしていると匂わせたのだ。

「結婚相手ということなら、ティシナ姫はやめておいたほうがいいだろうな。まあ、あの悪役王女を引き取ってくれるんだから、俺たち王国民としては感謝するべきなのかもしれないが」

　煉騎士の男が、どこか面白がっているような口調で言った。

　からかい交じりの彼の言葉に、ラスは小さく眉を上げる。

「悪役王女？　どういう意味だ？」

「そのままの意味だよ。相当キツい性格をしてるらしいぜ。幼稚というかワガママというか、自己中心的で冷酷ってもっぱらの評判だな」

「おい、やめとけ。不敬だぞ」

　煉術師が、相方の男を咎めるように睨んだ。

　しかし煉騎士は豪快に笑う。

「構わねえよ。みんな知ってることだろ。気に入らない貴族の令嬢を公衆の面前で罵倒して泣かせたとか、王家御用達の商人に無理難題をふっかけて廃業に追いこんだとか、悪い噂には事欠かないからな。粗相した侍女を自殺に追いこんだって話も聞いたぜ」

「……まあ、実際にそういう出来事があったのは事実らしい。金遣いの荒さも有名だしな」

煉術師が、薄く溜息をつきながら補足する。

ラスは意外そうに目を細めた。好色という欠点こそあれ、現在のシャルギア王はそれなりに優れた為政者だと聞いている。その王が、娘の横暴を許すとは思えない。

「国王や兄弟はなにも言わないのか？　シャルギアの王族は傑物揃いだと聞いていたんだが」

「なにも言わないんじゃない。言えないんだ。ティシナ姫の母親である第五妃は、ルーメドの王女だからな」

「ルーメド？　シャルギアの属国だろう？　それほど大きな国ではないと聞いてるが……」

「たしかに国力はたいしたことはないが、レギスタン帝国との中間地点にある、戦略的に重要な国だからな。国王としても波風は立てたくないんだろ」

戸惑うラスに、煉騎士が告げる。

レギスタン帝国はダナキル大陸東部の大国だ。領土拡張の野心を隠そうともしない軍事国家であり、シャルギアを含むシュラムランド同盟国の仮想敵国でもある。

そんな帝国と国境を接するルーメドは、たしかに緩衝地帯としての重要な役割を担っている。属国とはいえ、軽々しく扱っていい相手ではないのだろう。

「なるほど。属国との関係悪化を恐れて、父親も強く出られないというわけか」

「そういうことだ。というわけで、娶るならほかの王女にしておいたほうがいい。うちの王国には七人も王女がいるんだからな」

「いちおう報告はしてみるよ。息子がすんなり諦めるかどうかは知らないけどな」

煉騎士の男の忠告に、ラスは曖昧に笑ってうなずいた。

男は同情したようにうなずいて、

「あの悪役王女も、見てくれだけはいいからな」

「そうなのか？」

「ああ。絶世の美女ってやつだな。噂に聞く皇国のフィアールカ皇女が生きてたら、いい勝負をしたんじゃねえかな。まあ、性格の悪さならこちらの圧勝だろうが」

「そいつはどうかな……」

フィアールカの本性を知るラスが、笑いを嚙み殺しながらエルミラの反応をうかがう。

話題の皇女と瓜二つの顔をしたエルミラは、なんとも言えない表情でラスから目を逸らすのだった。

4

「どう思いますか、ターリオン卿」

二日後。再び傭兵ギルドの酒場に向かう道すがら、エルミラがラスに尋ねてくる。

銀の牙の密偵から届いた、報告書の感想を聞かれているのだ。

「よくわからないな。ティシナ王女が、国民から嫌われているのは事実らしいが……」

「そうですね。我々が酒場で聞いた話とも一致しています」

エルミラが、事務的な口調で同意した。

今の彼女は煉術で髪の色を変え、化粧で顔の印象を変えている。いくらここが隣国とはいえ、死んだはずの皇女と同じ顔で街を出歩くわけにはいかないからだ。

もっともそれで目立たなくなったと思っているのは本人だけで、相変わらずエルミラの容姿は注目を浴びていた。近寄りがたいほどの絶世の美女が、普通の美人になっただけだからだ。

「だけど、彼女の行動が、国民に具体的な被害を与えたことはないんだな？」

「ええ。銀の牙の報告書を見る限り、王女の身勝手な振る舞いは、最終的に民衆の利益につながっています。彼女が贅の限りを尽くした豪華な離宮を建てたことで、多くの貧民が建築の仕事にありついたり、彼女が癇癪を起こして王宮から追放した官僚が、実は帝国の間諜だったことが発覚したり……あくまでも結果論ですが」

「フィアールカ……あいつ、知ってて黙ってやがったな」

ラスは唇を歪めて苦笑した。王女の行動はまさに傲慢な悪役そのものだが、結果だけ見れば彼女は王族としての役割を立派に果たしている。実にわけのわからない存在だ。

ラスが王女の人柄を訊いても、フィアールカがのらりくらりと話をはぐらかしていた理由が今ならわかる。彼女は説明するのが面倒くさかったのだ。

「ココが食べているその菓子も、ティシナ王女が王宮の料理人たちに、我が儘を言って作らせたものだそうです。それが庶民の間にも広まったものだとか」

「ふぇ？」

口いっぱいにスイーツを頬張っていたココが、名前を呼ばれて顔を上げた。彼女が屋台の前で騒いでラスに買わせたのは、ガレットとかいう薄く伸ばしたパンのような菓子だった。

「これ、美味しい。ココ、王女、好き」

口の周りにジャムとクリームをつけながら、ココが再びガレットにかぶりつく。とても狩竜機の外部端末とは思えない姿である。

「その菓子は麦ではなく、痩せた土地でも育つ蕎麦という穀物で作られているそうです。昨年の麦の不作の際に多くの国民が餓死を免れたのは、その穀物が普及していたおかげだと――」

エルミラが、複雑そうな表情を浮かべて言った。

ティシナ王女は民を飢えから救った。しかし国民が彼女に感謝することはないだろう。実際、王女がやったことといえば、料理人に菓子を作らせただけだからだ。

「偶然……にしては、できすぎてるな。王女本人が狙ってやってるのなら、たいしたものだが。フィアールカにだって、ここまでのことはできないだろ」

「は？　殿下ならこの程度は余裕ですが？　あなたはどこに目をつけているのですか？　まったく、こんな男が殿下の婚約者だったとは嘆かわしい。やはりあなたには悪役王女のお相手がお似合いのようですね」

主君であるフィアールカを妄信しているエルミラが、ラスの何気ない発言を聞いて憤慨する。ティシナ王女がフィアールカよりも優れているかのようなラスの発言は、エルミラにとっては聞き捨てならない大問題らしい。

「ああ、わかった。悪かった。だとしても彼女が一人で計画してやってることとは思えない。裏で彼女を操っている誰かが——いや、操っている組織があるはずだ」

「それについては、同感です」

エルミラが機嫌を直して首肯した。

ティシナ王女が、もし本当に民衆のためを思って行動しているのなら、彼女があえて悪役を演じる必要はない。つまり王女はなにも知らないまま、誰かに利用されているということなのだろう。だとすれば彼女の背後には、恐ろしく高度な策謀を巡らし、それを実現できる力を持った組織があるということになる。彼女が暗殺組織に命を狙われているのも、あるいはそれが原因なのかもしれなかった。

「それで、これからどうなさるおつもりですか？」

エルミラが、ココの口元の汚れを拭きながらラスに訊く。ちょうど傭兵ギルドの建物が見えてきたところである。

「王女サマの素性も気になるが、そっちは俺の仕事じゃないからな。とりあえず、暗殺組織の連中を炙り出さないことにはどうにもならないんだが」

「炙り出すといっても、どうやって？　銀の牙でも彼らの潜伏場所はつかめていないのですよ？　おそらく暗殺者たちを匿っているのは――」

「ああ。この国の王族の誰かだろうな」

ラスがエルミラの言葉を引き継いで呟いた。

国外から来た暗殺者たちが、なんの手がかりも残さずに王都に潜伏するのは容易ではない。よほど強力な後ろ盾が、彼らを匿っているのは間違いないだろう。

国際会議を控えて厳戒態勢の王都でそれだけのことができるのは、シャルギアの王族か、それに匹敵する力の持ち主だけだ。その場合、尋常な手段では、暗殺者たちの尻尾をつかむのは不可能である。

「できれば、あまり目立たないやり方を選びたかったんだが、仕方ないか――」

「ターリオン卿？」

不安げな表情のエルミラを無視して、ラスはギルドの扉をくぐった。同じ建物に併設された酒場ではなく、真っ直ぐにギルドの受付へと向かう。

カウンターの中にいたのは、小柄な若い事務員だ。

「やあ、イネス嬢。依頼を出したいんだが、今、いいかな？」

「あ……タラスさん？　私の名前、覚えていてくれたんですか？」

イネスと呼ばれた受付嬢が、パッと表情を明るくしてラスを見た。見てくれが良く、かつ、話術が巧みなラスは、ここ数日ですっかり受付嬢たちと親しくなっている。

彼女たちとの距離が近づくにつれて、エルミラの態度が冷たさを増している気がするが、真面目に任務をこなしているつもりのラスとしては実に不本意な話だった。

「それはもちろん。今日の髪型もいいね。その髪留めもきみの瞳の色に似合ってる」

「いえ、そんな……」

イネスが照れたように頬を赤らめて下を向く。

そんな彼女に突き刺さったのが、同僚の受付嬢たちの嫉妬の視線だ。カウンター内に漂う刺々(とげとげ)しい空気を敏感に察して、イネスは慌てて姿勢を正した。

「あ……あの、それで依頼というのは……？」

「俺はアルギル皇国の人間なんだが、実はある暗殺組織について調べてる」

「暗殺組織⁉」

ラスが口にした物騒な言葉に、イネスが顔を強張(こわば)らせる。

「〝闇蝶(エテルシア)〟と呼ばれている組織だ。彼らについての情報提供を依頼したい」

「アルギル皇国の暗殺組織の情報を、シャルギアで……ですか？」

　イネスが怪訝な表情で訊き返す。ラスはうなずき、

「組織に狙われているのは、ティシナ王女だ」

「え⁉」

「引き受けてもらえるか？　情報買い取りの斡旋は、傭兵ギルドの業務の範囲内だと思ったが」

「え、ええ。それは構いませんけど、そんな依頼を出してしまったら、タラスさんが命を狙われませんか？」

　イネスが心配そうな眼差しでラスを見た。

　そして彼女は、なにかに気づいたように息を呑む。さすがに百戦錬磨の傭兵たちを常日頃から相手にしているだけあって、見た目に似合わず頭の回転が速い。

「もしかしてそれが目的ですか、タラスさん。自分を囮にして、暗殺者を引きずりだすつもりなんじゃ――」

「鋭いな、イネス嬢。それに関しては自己責任だから、気にしなくていいよ」

「で、でも……」

　イネスが困ったように視線を彷徨わせた。手元にあった書類の束にふと目を落とし、内緒ですが、と声を潜めて訊いてくる。

「あの、これももしかしてなんですけど、タラスさんの依頼って、ティシナ王女の依頼とも関

係あります？」

「ティシナ王女の依頼というのは初耳なんだが、なんのことだ？」

ラスは真顔になってイネスを見返した。イネスは、一瞬ラスに見とれたように、ぼうっと動きを止めて、

「え……と、これです。護衛依頼。今度の国際会議で訪問する観光地の下見に行くから、腕の立つ傭兵を集めてくれって」

「護衛依頼？」

ラスはイネスが持っていた書類をのぞきこんだ。王女からの依頼はすでに履行中。雇われた数組の傭兵団は、現在、王女とともに王都を離れている。

「待ってくれ。国際会議の下見ってことは、王女の公務だろ？　どうして王国軍の兵士を使わないんだ？」

「そ、それは私に訊かれても……」

身を乗り出してきたラスに問い詰められて、イネスが困ったように眉尻を下げた。

ラスは猛烈に嫌な予感を覚えて立ち上がる。

「王女の行き先は、グラダージ大渓谷か。イネス嬢、さっきの話はまた今度にしてくれ」

「は、はい！」

ラスの剣幕に圧倒されて、イネスがギクシャクとうなずいた。

しかしラスには彼女を気遣う余裕はなかった。

実力も定かでない傭兵たちを護衛につけて、ティシナ王女は王都の外に出た。彼女の命を狙う暗殺者たちにとっては、またとない絶好の機会である。

「くそ、なにを考えてる、ティシナ・ルーメディエン・シャルギアーナ！　死にたいのか⁉」

ラスは苛々と舌打ちしながら、ギルドの建物の出口に向かった。暗殺者の手がかりを探している間に、王女が暗殺されていました、では洒落にならない。

「今すぐに王女を追いかけるぞ。行けるな、ココ」

「お出かけ⁉　主様とお出かけ⁉　やったー！」

ラスに声をかけられたココが、見た目どおりの子供のように飛び跳ねる。中身が狩竜機である彼女としては、やはり陸港の格納庫でジッとしているのは退屈だったらしい。

「ヴィルドジャルタを動かす気ですか、ターリオン卿？　ですが、空搬機を飛ばすためには、陸港の許可が――」

エルミラが慌ててラスを制止しようとした。

すでに入国審査は終えているとはいえ、航続距離の長い空搬機の飛行には許可がいる。他国籍の機体であれば尚更だ。空搬機の戦闘能力は高くはないが、物資の密輸や偵察など、軍事的な脅威度では狩竜機を凌ぐのだ。

当然、申請には煩雑な手続きが必要で、許可が出るまで数日かかることもめずらしくない。

だが、

「心配ないさ」

そう言ってラスは強気な笑みを浮かべた。

なぜか得意げなココと顔を見合わせ、うなずき合う。

「要は飛ばなきゃいいんだろ」

5

ティシナ・ルーメディエン・シャルギアーナ王女は十七歳。

ルーメド国出身の母から受け継いだ白い肌と、輝くような金髪が特徴の美しい姫である。

シャルギア王家に生まれた七人の王女の中でも抜きん出た美貌を持ち、〝静寂の白〟と謳われた彼女だが、今やその称号を使う者もいない。〝悪役王女〟の異名のほうが圧倒的に通りがいいからだ。

そんなティシナは山嶺にある小さな砦から、夕陽に照らされた渓谷を見下ろしていた。

グラダージ大渓谷と呼ばれるこの土地は、大陸有数の奇景として広く知られていると同時に、魔獣たちの棲息圏と王国の領土を分かつ要衝でもある。

手つかずの自然以外に見るべきもののないこの土地を、ティシナは大勢の傭兵たちを率いて訪れていたのだった。

「此度はなにを企んでおられるのです、姫様」

威厳を纏った初老の男が、窓辺に立つティシナに声をかける。

男の名は、ギリス・テグネール。テグネール伯爵家の当主であり、ティシナの後援者の一人でもあるシャルギア王国の要人だ。

軍人の家系である彼は、今回、息子と部下たちを率いて、ティシナの視察に同行している。どうしても大渓谷に行きたいという王女の我が儘に、つき合わされた恰好だ。

「あら、いやだわ、伯爵。それでは私が、いつも悪巧みしているみたいではありませんか」

ティシナはそんなギリスを見返して、花のように艶やかに微笑んだ。

「なにを今更」

ギリスは深々と息を吐く。妖精のようなあどけない容姿を持つこの王女が、見た目どおりの無垢な女性などではないことを、彼は骨身に染みて知っているのだ。

「シュラムランド同盟会議まであと二週間余りというこの時期に、なぜ姫様直々に大渓谷の下見などに出かける必要があるのですか。しかもご自分の財産で、傭兵を雇い入れてまで」

「……ヒリカの実が食べたかったの」

あっけらかんとした口調で、ティシナが告げた。

ギリスは唖然として目を瞬く。

「は？　ヒリカ、ですか？」

「ええ。グラダージ地方のヒリカは有名でしょう？　傷みやすいから王都（バーラマ）では干したヒリカしか食べられないって言われたわ」

「ああ。ええ、まあ」

　ギリスは困惑しながらうなずいた。ヒリカは、大渓谷近くの森に群生する果樹だ。半透明の果肉には甘味と酸味があり、非常に美味だといわれている。

だとしても、十数機の狩竜機（シャスール）を引き連れてまで採りに行くほどのものとも思えない。

「アデリッサ姉様は、煉術（れんじゅつ）で凍らせたヒリカを公国（アガーテ）から運ばせたんですって。先月の夜会で自慢されてしまったわ。姉様だけずるいと思わない？」

「まさか、生のヒリカのためにこれだけの戦力を？」

「そうよ。だって、どうしても食べたかったんですもの」

　ティシナは悪びれずにそう言い放つ。

「それにお金なんて、また誰かに貢（みつ）がせればいいわ。そうね、次はペテルカ侯なんてどうかしら。金の密売で、ずいぶんと貯（た）めこんでいるみたいですから」

「姫様……あなたは……」

　ギリスは、ぞくり、と背中に寒気を覚えた。

巷（ちまた）では身勝手で高慢な悪女と噂（うわさ）されるティシナだが、彼女は決して愚かではない。それどこ

ろかギリスたち老獪な貴族ですら知り得ぬ謎の情報網を持ち、その情報を利用して、様々な駆け引きを繰り返している。

そのくせ彼女は、金や権力には一切執着していない。権勢欲の強い彼女の母親とは大違いだ。

幼いころから彼女を見てきたギリスにも、ティシナ・ルーメディエンという王女が、なにを考えているのかはわからない。ただ一つだけはっきりと言えるのは、彼女が決してシャルギア王国の民に害を為す存在ではないということだ。

私利私欲に塗れているとしか思えない彼女の行動は、結果的に必ず王国の利益につながる。彼女の味方であるはずのギリスですら、そんな彼女には畏怖を覚えずにはいられなかった。

今回の唐突な大渓谷視察も、なにか隠された目的がある。

ギリスがあらためてそれを確信したとき、突然、砦の中に警報が響き渡った。

ティシナが連れてきた傭兵や、ギリスの部下たちの動きが俄に慌ただしくなる。

「お館様！」

伯爵家に仕える従士の一人が、息を切らせて駆けこんできた。それなりに腕の立つ煉騎士のはずだが、彼の顔は緊張で強張り、額には脂汗が浮いている。

「控えろ、姫様の御前だ」

「し、失礼しました。ですが、緊急のご報告が……！」

従士が慌ててギリスたちの前で膝を突く。ギリスはぎろりと彼を睨みつけ、

「何事か」

「龍種(ドラゴン)です」

「なに……⁉」

「ヴォス湖畔より水棲(すいせい)の龍種(ドラゴン)が出現。全長は十五メートル以上。周囲の魔獣たちが恐慌状態(きょうこうじょうたい)に陥り、一部はすでに暴走を始めております。この砦(とりで)が巻きこまれるのも時間の問題です。どうか早くお逃げください！」

「馬鹿な……龍種(ドラゴン)だと……なぜ、よりによってこんな日に……」

ギリスの声が我知らず震えた。

魔獣たちの群棲地(ぐんせいち)に、龍種(ドラゴン)がいるのはおかしくない。だが、彼らが大渓谷を越えて王国内に侵入してきたとなると大問題だ。

少なくともグラダージ地方において、過去に龍種(ドラゴン)が出現したという話は聞いたことがない。当然、この砦(とりで)に常駐している戦力はごくわずかで、龍種(ドラゴン)に対抗できるはずもなかった。

それなのに、王女が訪問しているこのタイミングでの龍の襲来。間が悪いにもほどがある。

「いや……」

違う、とギリスはティシナに目を向けた。

たまたま王女が訪問したタイミングで、龍種(ドラゴン)が出現したのではない。龍種(ドラゴン)が出現すると知っていたから、ティシナは大渓谷を訪れたのだ。

「やはり、そうなりましたか」

　ギリスの推測を裏付けるかのように、ティシナは狼狽えることもなく平然と言った。

「伯爵。雇い入れた傭兵の皆さんに連絡を。狩竜機を使える方々は、逃走している魔獣を狩ってください。人里に到達するまでに、少しでも数を減らすように、と」

　ティシナが、窓の外の景色を見回しながら言った。

　龍の出現に怯えているのは人間だけではない。大渓谷周辺に棲む魔獣たちも、龍との遭遇を恐れて逃げ惑っているはずだ。そのうちの何割かは王国側に侵入し、人里に向かって移動するだろう。それを阻止しろ、とティシナは命じているのだ。

「狩竜機を持たない者には、民の護衛を任せます。ティシナ・ルーメディエン・シャルギアーナの名において特別に権限を与えますから、略奪行為はしっかりと取り締まってください」

「よ、傭兵たちには、そのように伝えよ。急げ」

「ぎょ、御意……」

　伯爵家の従士に向かってギリスが告げ、呆気にとられていた従士は慌てて駆け出した。

　一般の傭兵たちに龍種の討伐は荷が重いが、ただの魔獣が相手なら、彼らは充分な戦力になる。ティシナが資産をなげうって集めた多くの傭兵団が役に立った恰好だ。

「伯爵。テグネール家の狩竜機は？」

「我が家に伝わる銘入りが一機。あとは従士の乗る数打ちが三機です。正直、龍種が相手では足止めにもなりますまいな」

　ギリスが悔しげに歯噛みする。

　狩竜機四機は、平時なら王族の護衛としても充分な戦力だ。しかし本物の龍種が相手では力不足は否めない。

　しかしティシナは微笑んで首を振り、

「いえ。問題ありません。彼らには、水龍に従属している雑龍や下位龍を減らすように命じてください。水龍との戦いの邪魔にならないように。できますか？」

「それは、もちろんその程度であれば……」

　ギリスは戸惑いながらうなずいた。

「ですが、水龍との戦いの邪魔にならないとは、どういう意味です？　我ら以外の誰が水龍と戦うというのです？」

　ティシナは王族だが、煉気使いの才はない。彼女は狩竜機には乗れないのだ。かといって、辺境の砦に配備されている旧式機が龍種の相手になるはずもない。

　王都の国軍に騎兵部隊の出動を要請しても、到着には半日はかかるだろう。しかしほかに援軍の当てはない。控えめにいっても絶望的な状況だ。

　それでもティシナは、楽しげに目を細めてきっぱりと告げる。

「私の運命の方――龍殺しの騎士ですわ」

6

ラスがグラダージに到着したときには、大渓谷周辺の森林地帯は混乱状態に陥っていた。

無数の魔獣と狩竜機が入り乱れての、壮絶な戦闘が行われていたのだ。

どうやら恐慌状態になって暴走する魔獣たちを、狩竜機が喰い止めようとしているらしい。

戦力の主体は民間の狩竜機。ティシナ王女が、王都でかき集めたという傭兵たちだろう。

「くそ……！　どういう状況なんだよ、これは!?」

魔獣に取り囲まれて孤立していた狩竜機を見かけて、ラスは仕方なく援護に回る。交戦中の相手は狼蜥蜴と呼ばれる獰猛な中型魔獣だ。

本来なら群れで狩りをする危険な敵だが、混乱しているのか、仲間との連携が取れていない。

ラスは剣を抜くまでもなく魔獣の一体を殴り飛ばし、もう一体を煉術砲撃で焼き尽くした。

傭兵の乗った狩竜機もどうにか体勢を立て直し、正面にいた魔獣を両手剣で撃退する。

「おい、無事か!?」

『……ああ、すまない。助かった』

無線機から流れ出したのは、荒い呼吸を続ける狩竜機乗りの声だった。命を救われたことに気づいているのか、ラスに対する敵意や警戒心は感じない。

「シャルギアのギルドに所属している傭兵だな？　いったいなにが起きている？」

『暴走だ。ヴォス湖に龍種が出現して、魔獣たちが逃げ惑ってる』

「……龍種だと？」

ラスは唖然として訊き返す。ティシナ王女が暗殺者に襲われる可能性は考えていたが、龍種の襲撃は想定外だ。

『そうだ。俺たちはティシナ王女に命じられて、魔獣たちが人里に向かうのを防いでたんだ』

「やはりティシナ王女も来てたのか……王女はどこだ⁉」

『わからん。こっちに逃げてきてないってことは、龍と戦うつもりでグラダージ大渓谷の砦に残っているのかもしれん』

「龍と戦う……まさか……」

ラスは思わず目眩を覚えた。

王女がたまたま大渓谷の視察に行くと言い出し、その大渓谷でたまたま龍種が出現した。なぜか彼女は多数の傭兵を引き連れており、彼らのおかげで魔獣の暴走が喰い止められている。

そんな偶然があってたまるか、とラスは思う。

考えられる可能性はひとつだけだ。ティシナ王女は、今日、この大渓谷に龍種が出現することを知っていたのだ。

未来予知の煉術など存在しない。未来を知ることなどできるはずがない。それでもティシナ王女は未来の出来事を知っている。そう考えなければ辻褄が合わないのだ。

『――龍？　龍と戦う？　殺す？』

操縦席にヴィルドジャルタの声が響いてくる。

その言葉にラスはハッと我に返った。今は王女の能力について、あれこれ考えている場合ではない。龍がそこにいるのなら、ラスがやるべきことはたった一つだ。

龍を殺す。それが黒の剣聖の弟子であるラスの役目だ。たとえそれがティシナ王女によって仕組まれた状況だったとしても、だ。

「ああ、そうだ。相手が暗殺者だろうが、上位龍だろうが、フィアールカの嫁を殺させるわけにはいかないからな」

ラスが獰猛に微笑んで言った。

その瞬間、狩竜機の煉核が歓喜に震えた気がした。

『わかった。ぼくたちが龍を殺す』

ヴィルドジャルタの言葉が再び操縦席に響く。

そして漆黒の狩竜機は、深紅の帯煉粒子を炎のように噴き上げながら、全身を軋ませて姿を変えたのだった。

グラダージ砦では、砦の守備隊とテグネール伯爵家の兵士たちが、無線機に齧りついて必死に戦況の把握に努めていた。

すでに動ける狩竜機はすべて出払っており、狩竜機を持たない煉騎士や煉術師たちもそれぞれが砦の守りについている。しかし戦況は芳しくない。

中小の魔獣をいくら減らしても、肝心の龍種を止めることができないのだ。

「姫様、雑龍どもはあらかた始末しましたが、我々の戦力では水龍の侵攻を防げません。せめて砦の地下に避難を――」

「あら、伯爵。そんな必要はありませんよ」

強張った表情のギリスとは対照的に、ティシナはにこやかに微笑んで言った。蒼穹を思わせる青い瞳で、彼女は、光学系の煉術で映し出された水龍の姿を楽しげに眺めている。

「あの人が、ようやく来てくれたようです」

「……あの人……とは……？」

ギリスが眉間に深くしわを刻んだ。そんなギリスが、不意に目を大きく見張る。

大渓谷の岩場を悠然と進み続ける水龍の前に、見知らぬ漆黒の影が立ちはだかったからだ。

深紅の輝きに身を包む鋼の獣である。

「ま、魔狼……⁉」

砦の守備兵の誰かが、怯えたように呟いた。

魔狼とは、テロスの古い神話に謳われる伝説の聖獣だ。天を駆け、月を喰らって、空と太陽を血に染める。炎の翼を持つ漆黒の狼——

グラダージ大渓谷に舞い降りた機体は、まさしくその魔狼の姿をしていた。

「なんだ、あの禍々しい機体は⁉　あれも狩竜機なのか⁉」

ギリスが掠れた声で呻く。

魔狼の全身を包んでいるのは、紛れもなく帯煉粒子の輝きだ。だとすれば、あの機体の正体は狩竜機ということになる。翼を持ち、空を駆ける異形の狩竜機だ。

空搬機と同様の飛行能力を持ち、獣の姿で疾駆することで、地上においても通常の狩竜機の機動性能を遥かに上回る。その凄まじい機動力をもって、あの機体は龍種の前に駆けつけたのだ。

だが、真の驚きはさらにその先に待っていた。ギリスたちが呆然と見守る中、漆黒の機体はゆらりと立ち上がって音もなく姿を変えたのだ。

「なんと……魔狼が人の形に……⁉」

伯爵家の従士の一人が、驚嘆の息を吐く。ギリスは驚いて声も出せない。

実のところ、変形する狩竜機(シャスール)の存在が、まったく知られていないというわけではない。シャルギア王家に伝わる〝アウイン〟も部分的にだが変形機構を持つし、飛竜(ワイバーン)に姿を変えるといわれるレギスタン帝国の〝チェントディエチ〟は有名だ。

しかし、あれほどまでに禍々(まがまが)しい姿の狩竜機(シャスール)を目の当(まあ)たりにしたのは、歴戦の将であるギリスも初めてのことである。

「馬鹿な！　正面から龍に挑む気か⁉」

兵たちの間に悲鳴が上がった。どれだけ強力な狩竜機(シャスール)であっても、龍種(ドラゴン)には決して及ばない。それは常識というよりも、万物を支配する法則そのものだ。

龍種(ドラゴン)の纏(まと)う龍気は煉術師(れんじゅつし)数十人がかりの煉術砲撃(れんじゅつほうげき)すら寄せ付けず、彼らの鱗(うろこ)は狩竜機(シャスール)の剣をも弾(はじ)く。速度でも、そして力でも、龍種(ドラゴン)は狩竜機(シャスール)を凌駕(りょうが)する。

にもかかわらず、魔狼(マナガルム)が変形した漆黒の狩竜機(シャスール)は、激昂(げっこう)する水龍を圧倒していた。

幻惑系の煉術(れんじゅつ)を併用した変幻自在の駆け引きと、針の穴を通すかのような精密な剣技。関節の裏側や、鱗(うろこ)の隙間。龍気を制御するための角や、目、耳などの感覚器。龍種(ドラゴン)の肉体が持つわずかな弱点を、漆黒の狩竜機(シャスール)は的確に攻めていく。

漆黒の狩竜機(シャスール)の圧倒的な煉核出力(パワー)に隠れているせいで目立たないが、真に恐るべきは乗り手の技量だった。その事実に気づいている兵士が、はたしてこの戦場に何人いるか――

「強い……まさか、あのような機体を乗りこなすとは……何者だ？」

ギリスは我知らず身震いした。あの漆黒の狩竜機（シャスール）に対抗できる乗り手が、今の王国にいるのか、と不安を覚えたのだ。

だがそれほどの乗り手であっても、龍種（ドラゴン）に勝てるという保証はない。幾度となく繰り返された狩竜機（シャスール）の攻撃は、いまだに水龍を仕留めるには至らず、逆に龍の攻撃は、わずかにかするだけでも狩竜機（シャスール）を行動不能に追い込める。

水龍を圧倒しているように見える漆黒の狩竜機（シャスール）だが、この状況は、綱渡りのような危ういバランスの上に成り立っているだけなのだ。

「なんということだ……いくら強力な機体とはいえ、一機では……」

ギリスが、己の無力さに歯噛（はが）みする。

あの漆黒の狩竜機（シャスール）がどれだけの煉核出力（れんかくしゅつりょく）を誇ろうとも、今のような戦い方を続けていれば、いずれは帯煉粒子（アウロン）が枯渇（こかつ）する。そうなれば現在の均衡は、たちまち崩れ去ることになるだろう。

一軍、などという贅沢（ぜいたく）はいわない。だが、せめてあと数機——否、あの漆黒の狩竜機（シャスール）と同等の機体があと一機でもあれば、龍を倒せるのだ。

しかし今のギリスには、ただ手をこまねいて見ていることしかできない。その事実にギリスは屈辱を覚えた。

「いいえ、問題ありません」

ティシナが静かに呟（つぶや）いた。まるで未来を見てきたかのような、迷いのない口調だ。

ギリスは戸惑いながら彼女に目を向けて、

「しかし、相手は上位龍に近い力を持つ個体ですぞ？」

「上位龍に近い力を持つということは、裏を返せば上位龍には及ばないということ。それではあの方は止められませんよ。ほら」

無邪気な子供のような表情で、ティシナが笑う。

煉術(れんじゅつ)で映し出された画面の中。水龍の攻撃をかわして、漆黒の狩竜機(シャスール)が宙に舞った。

致命傷には程遠くても無数の傷を負わされた水龍は、大量の血を失って動きが鈍っていた。

そんな水龍の首に向けて、漆黒の狩竜機(シャスール)が大剣を振り上げる。

龍気を纏(まと)った龍種(ドラゴン)の肉体を、狩竜機(シャスール)の剣で斬り裂くことはできない。だがもし、その刃が、龍気をも上回る密度の帯煉粒子(アウロン)を纏(まと)っていたならば——

「超級剣技(オーバーアーツ)!?」

砦(とりで)にいた多くの兵たちが見守る中、漆黒の狩竜機(シャスール)の振り下ろした剣が、水龍の首を斬り落とした。小枝を断つように、あっさりと。

「黒の剣技——お見事です、ラス」

あまりの驚きに兵士たちが静まりかえる中、王女が口の中だけで小さく独りごちる。

そして次の瞬間、水龍の巨体が地響きを上げて転がり、砦(とりで)の中は爆発的な歓喜の渦で満たされたのだった。

終章 Epilogue

逃げ損なった——というのが、そのときのラスの正直な感想だった。

本来なら水龍を撃破してすぐに、この大渓谷を立ち去るべきだったのだ。

それができなかったのは、帯煉粒子(アウロン)の枯渇(こかつ)のせいだった。王都からグラダージ大渓谷までは、約四百五十キロ。通常の狩竜機(シャスール)の移動速度なら、休みなしで走り続けても四時間はかかる距離である。

魔狼形態(マナガルムけいたい)のヴィルドジャルタは、その距離を一時間足らずで駆け抜けたあと、さらに単機で龍種(ドラゴン)と戦う羽目になったのだ。

そして極めつけは、ラスが最後に放った黒の剣技だった。あれでヴィルドジャルタの帯煉粒子(アウロン)は完全に底を突いてしまったのだ。

なまじ煉核出力(れんかくしゅつりょく)が高いぶん、すっからかんになった帯煉粒子(アウロン)の回復には、相応の時間がかかるらしい。ラスも知らなかったヴィルドジャルタの意外な欠点だ。

とはいえ、回復に要したのは、三分にも満たないわずかな時間である。

　しかしティシナ王女は、そのわずかな時間で配下の狩竜機を動かし、ラスを完全に包囲していたのだった。まるでヴィルドジャルタの動きが止まることを、最初から知っていたかのような見事な采配だ。

　その王女は、護衛どころか侍女すらつけずに、たった一人でヴィルドジャルタの前に立っている。そして狩竜機から降りてきたラスを見て、彼女は、なぜか懐かしむように目を細めた。

「あなたが、その黒い狩竜機の搭乗者ですか？」

王女が、親しげな口調でラスに呼びかけてくる。

　彼女の前に片膝を突きながら、なるほど、とラスは納得していた。

　噂になるだけあって、ティシナ・ルーメディエンは美しい少女だった。精緻な銀細工を思わせるフィアールカの端整な容姿とも違う、雪の結晶のような儚げな雰囲気の持ち主だ。

　彼女が着ているのは、軍服風の簡素なドレス。宝石などの装飾品もほとんど身につけていない。己に自信がなければ、できない振る舞いだろう。それでいて王女としての威厳は充分に備わっているのだから、まるで根拠のない自信というわけでもない。

「シャルギア王国第四王女、ティシナ・ルーメディエン・シャルギアーナです。龍討伐への助力に感謝します」

　ティシナがスカートの裾を摘んで、礼をする。

　血生臭い戦場には似つかわしくない所作だが、それに違和感を抱かせないのは、彼女の持つ清浄な雰囲気のせいだろう。実際の性格はどうあれ、たいした女だ、とラスは感心する。

「私のような下々の者に寛大なお言葉を賜り、恐悦至極に存じます」

ラスは顔を伏せたまま、遜った口調で王女に応えた。ここにいるのは、あくまでも異国の傭兵タラス・ケーリアンだと言い張ることにしようと考えたのだ。

銘入りの狩竜機に乗る平民というのはめずらしいが、前例がないというほどではないし、ヴィルドジャルタはヴィルドジャルタで貴族の乗機らしい優雅さとは無縁だ。余裕で誤魔化しきれるだろう、とラスは楽観的に考えていた。

だがそんな甘い考えは、王女の言葉で軽く吹き飛んでしまう。

「アルギル皇国の筆頭皇宮衛士ともあろう御方が下々の者とは、不思議なことを仰いますね、ラス・ターリオン・ヴェレディカ極東伯令息殿？」

「っ……!?」

自分の正体をあっさり言い当てられて、ラスは思わず固まった。

動揺したのは、王女を背後から見守っていたシャルギアの兵士たちも同じだった。

「アルギルの筆頭皇宮衛士だと!?　そうか、それであのような強力な狩竜機を……！」

「待て。それよりもラス・ターリオンとは、もしや例の極東の種馬か!?」

「気に入った女を寝取るためにいくつもの犯罪組織を潰したという噂の……」

「やつは剣の間合いに入っただけで女を妊娠させると聞いたぞ!?　そんな男を殿下に近づけて

大丈夫なのか？」

王女がいるにもかかわらず、好き勝手なことを言い出す兵士たち。彼らの言葉を聞いて、ラスはさすがにげんなりとした表情になった。まさか極東の種馬（ザ・スタリオン）の悪評が、隣国にまで轟（とどろ）いているとは思っていなかったのだ。

「シャルギア王国テグネール伯爵領領主、ギリス・テグネールだ」

俯（うつむ）いて笑いをこらえている王女に代わって、厳（いか）つい顔つきの貴族がラスに話しかけてくる。

おそらく彼が王女のお目付役なのだろう。現役の煉騎士（れんきし）というわけではなさそうだが、なかなかの面構（つらがま）えの人物だ。

「ターリオン殿。皇国の兵である貴公が、なぜこのような場所にいる？」

「皇国（うち）の皇太子の命令でね。ティシナ王女殿下の護衛を任された」

「護衛だと？」

「正確にいえば、暗殺阻止だな。アルギル国内の暗殺組織が、王女殿下の暗殺を目論（もくろ）んでいるという情報が入ってきた」

ラスは素直に事情を明かした。

皇国（アルギル）の国益だけを考えるなら伏せておくべき情報だが、王女の暗殺を防ぐには、本人も命を狙われていることを知っておいたほうがいいはずだ。

「なるほど。それで王国内で潜入捜査をしていたというわけか」

　ラスの意図を察して、ギリスが唸る。

　いまだ非公開の情報とはいえ、ティシナはいずれ皇国に嫁ぐことになっているのだ。皇国筆頭皇宮衛士のラスには、彼女を守る正当な理由がある。ギリスもそれを理解しているのだろう。

「貴公らにも思うところはあるだろうが、王女殿下に万一があった場合に困るのは皇国も同じだ。身分を偽っていたことについては、大目に見てもらえるとありがたい」

　ラスはそう言って立ち上がる。

　正体がバレてしまった以上、平民のふりを続ける理由もない。それにラスは遅かれ早かれ、ティシナ王女と交流する必要があったのだ。彼女を口説き落とすというもう一つの任務を果たすためにも、ここからは王国側と協力して動いたほうがいい——ラスはそう判断する。

「そうですね。水龍討伐の功績に免じて、あなたの密入国については不問にしましょう」

　ティシナが思わせぶりに微笑んでラスを見た。

　そして彼女は、すべての表情を消して冷ややかに告げる。

「ですが、あなたが罪人であることに変わりはありません。今すぐにこの国から出てください。あなたの狩竜機ならば、明日には国境を越えられるでしょう」

「なに……？」

「姫様、それは……」

　ラスが困惑に息を呑み、ギリスですら驚いたように声を震わせた。

「いいのか？　命を狙われてるのは、あんたなんだぞ？」

「私は立ち去れと命じましたよ。それとも王宮を通じて、正式に皇国に抗議しましょうか？」

ティシナを正面から見つめるラスに、彼女は淡々と言い放つ。

二人の視線が交錯したのは、ほんの数秒のことだった。先に目を逸らしたのはラスのほうだ。

「わかった。あなたの下知に従おう」

「当然のことですね」

王女が満足そうにうなずいて言った。

彼女がなにを考えているのかはわからない。しかしティシナが、戦力としてのラスを必要としないというのなら、ラスにはその判断を覆す説得材料がない。

ラスは溜息をつきながら王女に背を向けて、ヴィルドジャルタに乗りこもうとした。

そんなラスを、ティシナが不意に呼び止める。

「ああ、それとひとつ忘れていました、ラス・ターリオン殿。これを見ていただけますか？」

「え？」

ティシナが自分の右目を指さしながら、ラスの前に歩み寄ってくる。

ラスは酷く戸惑いながらも、彼女の瞳を覗きこもうとした。その直後――

王女の両手がラスの頬を包みこみ、少し背伸びした彼女の唇がラスの唇へと押し当てられた。

ギリスがこぼれんばかりに両目を見開いて絶句し、おお、と周囲の兵士たちがどよめきを洩らす。そして硬直したまま立ち尽くすラスに、王女は微笑みながら告げたのだった。

「これは王国の民を守ってくれたあなたへの、私からのお礼です。最期にもう一度あなたに会えてよかった」

「本当に、あの男を帰してよろしかったのですか、姫様？」

漆黒の狩竜機を操る煉騎士が去ったあと、砦に戻ろうとしたティシナに、苦々しげな顔のギリスが訊いた。

あの男というのは、もちろんラスのことだろう。ティシナが彼にキスをした直後から、ギリスはずっとそんな表情をしているのだ。

「私がこれまで判断を間違えたことがありますか？」

自分の唇に人差し指を当てながら、ティシナは平然と訊き返す。

「それは……そうですが……」

ギリスが、ぐ、と言葉を詰まらせた。

一見するとどれだけ無謀で愚かに思えても、ティシナが下した判断は、これまで必ず最良の結果を招いてきた。ギリスはそれを誰よりもよく知っている。

それでも彼が納得できずにいるのは、これがティシナの命にかかわる問題だからだ。ラスが優れた煉騎士であることに疑いはないし、彼が護衛についてくれれば、アルギル側の諜報機関からの情報も入ってくる。おまけにティシナは、初対面のはずの彼に明らかに好意を抱いている。ティシナには、ラス・ターリオンを追い返す理由などなかったはずなのだ。

「これでいいのですよ、伯爵」

そう。ティシナにはラスを追い返す理由などなかった。

だからティシナは彼を遠ざけた。そうしないわけにはいかなかったのだ。

なぜならラスが傍にいれば、彼は必ずティシナの暗殺を防いでしまうからだ。

「ティシナ・ルーメディエン・シャルギアーナは、アルギル皇国の暗殺者に殺される——その運命を変えるわけにはいかないのです。今度こそ間違わないために」

誰にも聞こえないようにそっと呟いて、ティシナは夕暮れの空へと目を向けた。

沈みゆく夕陽は世界を血の色に染めて、孤独な王女の頬を静かに照らしていた。

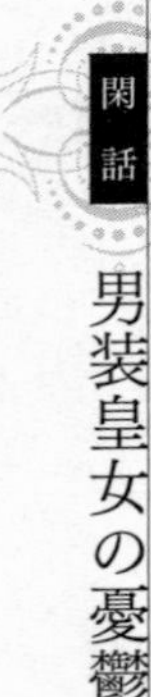

閑話　男装皇女の憂鬱

壁一面を埋める大きな鏡に、二人の女が映っている。

一人は菫色(すみれいろ)の瞳を持つ銀髪の貴人。

すでに死んだはずのアルギル皇国皇女——フィアールカ・ジェーヴァ・アルゲンテアだ。

そして椅子に座る皇女の背後には、彼女とほとんど同じ顔をした銀髪の女性が立っていた。

皇女の影として育てられた〝銀の牙〟の密偵——諜報員(ちょうほういん)のエルミラ・アルマスである。

二人がいるのは、商都プロウスに用意された皇族専用の隠れ家(セーフハウス)だ。

フィアールカは今夜、とある任務のためにお忍びで出かけることになっている。

皇女自らが動かざるを得ない、非常に重要な案件だ。

エルミラは、皇宮を離れられなかった侍女(シシュカ)の代わりに、任務に赴くフィアールカの身支度を手伝っていたのだった。

普段は身だしなみにほとんど頓着しないフィアールカだが、髪に櫛(くし)を入れ、わずかな化粧を施すだけで見違えるほどに輝きを増す。紛い物(レプリカ)に過ぎないエルミラではこうはいかない。〝銀しまう。

の花〟と謳われた皇女の美貌には、見慣れているはずのエルミラですら思わず溜息がこぼれて
それなのに鏡に映る自分の姿を疑わしげに睨みつけ、皇女は自分の〝影〟に問いかけた。

「ねえ、エルミラ……私は、本当に可愛いのだろうか？」

「はい？」

皇女の髪を梳く手を止めて、エルミラは眉間にしわを刻む。

「……殿下、それはなにかの暗号でしょうか？」

「女の子が鏡を見ながら訊いているのに、どこをどうしたら暗号という発想になるのかな？」

フィアールカが、子供のように頬を膨らませた。

しかしエルミラはなおも首を傾げるだけだ。どうして皇女がそんなことを言い出したのか、エルミラには本気でわからなかったのだ。

普段のフィアールカは、皇族に相応しい尊大な自信と、それに見合うだけの知性と洞察力の持ち主だ。そんな彼女が、今さら自分の魅力を疑うような発言をするとは思えない。

そもそもこれほどの美貌を持ちながら自分が可愛くないと思っているのだとしたら、嫌味を通り越して、もはや目が腐っているとしか言いようがない。

それでもエルミラは、臣下としてやんわりと謝罪した。

「すみません。あまりにも普段の殿下の印象からかけ離れた言動でしたので、つい」

「まあ、こんなものをつけてる時点で、見た目を気にしてる場合じゃないからね」

フィアールカが、机の隅に置かれた金属製のマスクを眺めて苦笑する。

普段皇宮にいる間、彼女は顔の下半分をすっぽりと覆うその仮面をつけて生活しているのだ。彼女の双子の兄である皇太子アリオールに成りすますためである。

たしかにそんな環境では、自分の美貌を意識する機会は滅多にないのかもしれないが——

「もしかして近衛兵たちになにか言われたのですか？　取り柄は顔だけ、とか、性格の悪さが滲み出ている、とか、あれでもうちょっと胸があれば、とか……」

エルミラが怖ず怖ずとフィアールカに問いかけた。

自分に対する陰口をどこかで聞きつけて自信をなくした、ということなら、ギリギリ皇女の気持ちもわからなくない、と思ったのだ。だが、

「それは近衛兵じゃなくて、きみが普段から私に対して思っていることでしょう⁉」

半眼になったフィアールカが、鏡越しにエルミラを睨みつけた。

「そうではなくて……いや、ある意味では同じことか。つまり私は——フィアールカ皇女は、銀の花だの、絶世の美女だの、天使のようだのと民衆から褒めちぎられてはいるけども、客観的にその評価をどこまで信じていいものか、と思ってね」

「なるほど……ちやほやされていい気になってはみたものの、今になってその言葉が社交辞令だったのではないかと不安になってきたわけですね」

「べつにいい気になってはないよ⁉」

エルミラの辛辣な相槌を聞いて、フィアールカが抗議する。

「ただ、フィアールカ皇女は対外的にはすでに死んだことになっているからね。思い出はなにかと美化されるものだし、死人を悪く言う人間もそうはいないでしょう？」

「そうですね」

「それでなくても皇女の容姿を公然と貶すわけにもいかないだろうしね。だから、客観的な第三者の意見が聞きたいんだけど、私の容姿は本当に人がいうほど魅力的なんだろうか？」

フィアールカが冷静な口調で再び確認する。

たしかに皇国の国民は、麗しの皇女の死を嘆き、在りし日の彼女の美貌を今も称えている。

しかし皇女本人としては、そんな独り歩きした噂を真に受けるつもりはない、ということらしい。そこで彼女は、互いに腹を割って話せる間柄のエルミラに質問した、というわけだ。

しかしエルミラは、残念ですが、と首を振る。

「それは、私の口からはお答えしづらいですね」

「どういう意味かな。まさか正直に答えると不敬罪になるから、とか思ってないよね？」

フィアールカが、ジトッとした目つきでエルミラを見た。

いくら親しい間柄とはいえ、臣下に過ぎないエルミラが皇女の容姿を貶すのは、たしかに問題だろう。しかしもちろんエルミラには、フィアールカを悪く言うつもりなど毛頭ない。エルミラが回答できない理由はほかにある。

「いえ、そういうことではないのですが」

「だったらどうして答えられないのかな」

「お忘れかもしれませんが、私は殿下と同じ顔なんですよ。ですので、私にそれを訊かれても客観的な回答は得られないのではないかと」

「そうか。そういえばそうだったね」

フィアールカは納得して引き下がった。

エルミラは、皇女の代役が務まる程度にはフィアールカによく似ている。そんなエルミラが皇女の容姿を、中立的な視点で評価できるはずもない。

「ただ、私はこう見えてもけっこうもてますからね。その意味では、殿下も自信を持っていいのではないでしょうか」

「え、そうなの？」

間接的な判断材料を提供するエルミラに、フィアールカは驚いて目を見開いた。

「はい。殿下と同じ顔の私がもてるのなら、殿下も魅力的ということになりませんか？」

「そこじゃないよ。エルミラがもてるなんて話は初耳なんだけど⁉　なんで当然のことみたいにさらっと言ってくれてるの⁉」

「事実ですので」

「その事実というのを、もっと具体的に！」

素っ気なく突き放そうとするエルミラに、フィアールカが執拗に喰い下がる。

エルミラはやれやれと息を吐き、

「私に声をかけてくるのは、やはり同僚の文官が多いですかね。クラーキ男爵やゼレノイ子爵のご令息、最近だと軍のトーリ補佐官からもよく贈り物をいただきます」

「あいつらか……皇太子の愛人を仕事場で口説こうとするなんていい度胸だね。まったく、なんのために皇宮に来てるんだか」

形のいい唇を歪めながら、フィアールカが憤慨したように独りごちる。

男装しているフィアールカの元に出入りしても怪しまれないようにと、エルミラは表向き、皇太子アリオールの愛人であるという噂を流されているのだ。エルミラにしてみればいい迷惑だが、皇族の命令では文句も言えない。

「そもそもトーリのやつ、私の士官学校の同級生じゃないか。あいつ、学生時代は私に見向きもしなかったくせに、どうしてエルミラだけ……」

ぶつぶつと呟き続けていたフィアールカが、ふとエルミラの胸元に目を留めた。

実の姉妹以上によく似た皇女と密偵だが、わかりやすく違う場所がある。ひと言で言えば、エルミラのほうがでかいのだ。

「く……胸か……やはりおっぱいの大きい女が好きなのか……」

フィアールカが悔しそうに肩を震わせる。

誰もが羨む美貌の持ち主であるフィアールカにとって、女性らしい胸の膨らみの乏しさは、唯一最大の劣等感の源だ。エルミラにいわせれば些細な問題としか思えないが、本人が勝手に気にしているのはどうしようもない。

「私もそんなに言うほど胸があるわけではないのですが。それに殿下の場合はよかったじゃないですか。男装が苦にならないんですから。補整下着で胸を潰すのもけっこう大変なんですよ」

「そうやって自虐のふりをして自慢するのはやめてくれないかな」

「……本当になにがあったのですか。そんなふうに他人の評価を気にするなんて、殿下らしくないと思うのですが」

「それは気にもするさ。これからラスを説得に行かなきゃならないんだからね」

フィアールカが、拗ねたように目を伏せて嘆息した。

「ラス・ターリオン・ヴェレディカ極東伯令息ですか」

なるほど、とエルミラは声を出さずに呟いた。

男装して死んだ兄に成りすまし、皇太子アリオールの替え玉として国政を取り仕切っているフィアールカ。だが、突然降って湧いたシャルギア王国ティシナ第四王女との縁談によって、彼女は窮地に陥っている。いくらフィアールカでも、女性であることを隠したまま、隣国の王女との結婚を維持することはできないからだ。

　そんな彼女が最後に頼ろうとしているのが、かつての婚約者だったラス・ターリオン・ヴェレディカだ。彼がフィアールカの協力者としてティシナ王女を籠絡してくれれば、皇太子アリオールの秘密は守られる。皇帝の後継者を巡る不安定な状況も、一気に改善されるだろう。

　だが、もしもラスが協力を拒んだら、そのときはシャルギア王国をも巻きこんだ大問題に発展する。最悪の場合は、国内貴族が反乱を起こし、皇国は内戦に突入するかもしれないのだ。

「私の計画を実行するためには、ラスの協力は欠かせない。それなのに私たちが彼に提示できるメリットなんてたかが知れてる。彼の私に対する愛情に縋るしかないというのが実情だからね。さすがにプレッシャーを感じるよ」

「ですが、お二人は相思相愛だったのでは？」

　エルミラが怪訝そうに訊き返す。しかし銀髪の皇女は寂しげに首を振り、

「相思相愛だったのは、二年前までの話だよ。私が死んだことにされた時点で、ラスとの婚約は自動的に解消されている。今のラスは、私のことなんて忘れててもおかしくないよ」

「あの方が娼館に入り浸っているのは、殿下を失った心の傷を癒やすためだと世間では噂されているようですが」

「そんな噂が流れていたのは、それこそ最初のうちだけでしょう。エルミラだって、知ってるじゃないか。〝楽園h〟だっけ、ラスが入り浸ってるって娼館の正体を」

「黒の剣聖フォン・シジェルが、皇帝陛下から許可を得て営んでいる店でしたか。従業員の女性たちはほぼ全員が凄腕の煉気使いで、裏では独立した傭兵団として活動しているとか――」

「うん、そうだね」

フィアールカが苦々しげな表情でうなずいた。

極東の種馬などという不名誉なあだ名で呼ばれているラス・ターリオンだが、彼は決して女に溺れているわけではない。どうやら彼は剣聖の弟子として、修行と称した過酷な仕事を押しつけられているらしい。

しかしそれはそれとして、彼が娼館に入り浸っていることに変わりはない。当然そこには選りすぐりの美女たちが高級娼婦として働いているわけであり――

「それよりも問題なのは、娼館の娘たちの見た目だよ。あんなに美人ばかりなのは、おかしいでしょう!? 皇国お抱えの劇団にだってあのレベルの女優は滅多にいないよ」

「まあ、商都でも有数の人気店らしいですし」

「おまけに彼女たちはスタイルだって凄いからね。あれはメロンなんてものじゃないよ、スイカだよ、スイカ。ラスはそんなのに囲まれてたんだよ」

フィアールカが涙目になって、八つ当たり気味にエルミラを睨んでくる。さすがに全員が全員そこまで巨乳ということはないはずだが、ともあれ〝楽園h〟の娼婦の容姿が、フィアールカの劣等感を刺激したのは事実らしい。

「まあ、世の中には芳醇なメロンやスイカより、メロンの上に乗っかっている薄っぺらい生ハムのほうが好きという殿方もいるでしょうし……」

「誰が生ハムだよ!?　いくら私でもそこまで薄くはないよ！」

エルミラの不用意な発言に、フィアールカがキレた。どうやらエルミラの精いっぱいの慰めの言葉は、皇女のお気に召さなかったらしい。面倒くさいなあ、とエルミラはこっそり溜息をつくが、それを見逃すフィアールカではなかった。

「そんなのどうでもいい、と言いたげな溜息だね」

「いえ、そこまでは思っていません。面倒くさいなこの拗らせ処女は、とは思いましたが」

「そっちのほうが酷くないかな!?」

「そんなに心配なら、私ではなくカナレイカに相談されてはいかがです？　ラス・ターリオンの説得には、彼女も同行するのでしょう？」

エルミラは、近衛連隊長であるカナレイカ・アルアーシュの名前を出す。

近衛師団最強の煉騎士である彼女は、皇女の護衛としてラスに会いに行くことになっている。

フィアールカの代役として皇宮で待機していなければならないエルミラよりも、相談相手としては適切なはずである。

しかしエルミラの助言を聞いたフィアールカは、わかりやすく表情を曇らせた。

「……そうだよ。だから心配してるんじゃないか」

「は？」

エルミラが困惑の声を洩らす。

カナレイカ・アルアーシュはエルミラ同様、フィアールカの秘密を知る数少ない仲間である。職務に忠実なカナレイカのことを、フィアールカは普段から高く評価していた。

それなのに今日のフィアールカは、明らかにカナレイカを警戒している。まるで彼女のことを恐れているようにも見える。

「カナレイカは私から見ても美人だし、スタイルだっていいからね。同じ煉騎士同士でラスとはきっと話が合うし、真面目だし、チョロいし、皇族なんて面倒な肩書きもついてこない。ラスが明日カナレイカと会って、私よりもあの子のことを好きになったらどうしよう……」

フィアールカが、消え入りそうな声でぼそぼそと呟いた。

それが本音か、とエルミラはようやく皇女の心情を理解する。

いつも自信に満ちているフィアールカが、突然、弱気になった本当の原因。

自分の容姿や、胸の大きさをやけに気にかけていた本当の理由は、カナレイカにラスを取られるのではないかと不安になったせいだったらしい。

たしかにカナレイカ・アルアーシュは、魅力的な女性だ。

彼女に本気で迫られたら、大抵の男はあっさり陥落するだろう。しかし生真面目で忠誠心に厚いカナレイカが、主君である皇女を裏切ることなど、普通に考えてあり得ない。

電撃文庫DIGEST　6月の新刊

発売日2023年6月9日

幼なじみが絶対に負けないラブコメ11

著／二丸修一　イラスト／しぐれうい

俺と真理愛にドラマ出演のオファーが！　久し振りの撮影に身が引き締まるぜ……！　さっそく群青同盟メンバーで撮影前に現場を見学させてもらうも、女優モードの真理愛が黒羽や白草とバチバチし始めて……。

ギルドの受付嬢ですが、残業は嫌なのでボスをソロ討伐しようと思います7

著／香坂マト　イラスト／がおう

長期休暇を終えたアリナは珍しく平穏な受付嬢ライフを送っていた。まもなく冒険者たちの「ランク査定業務」が始まることも知らず―― !!（本当は受付嬢じゃなく本部の仕事）

虚ろなるレガリア5
天が破れ落ちゆくとき

著／三雲岳斗　イラスト／深遊

ついに辿り着いた天帝領で明らかになる龍に生み出された世界の真実。記憶を取り戻した彩葉が語る彼女の正体とは!?　そして始まりの地“二十三区”で珠依との戦いに挑むヤヒロと彩葉が最後に選んだ願いとは――!?

ソード・オブ・スタリオン
種馬と呼ばれた最強騎士、隣国の王女を寝取れと命じられる

新作

著／三雲岳斗　イラスト／マニャ子

上位龍をも倒す実力を持ちながら、自堕落な生活を送り極東の種馬と呼ばれている煉騎士ラス。死んだはずのかつての恋人フィアールカ皇女が彼に依頼した任務とは、皇太子の婚約者である隣国の王女を寝取ることだった！

天使は炭酸しか飲まない4

著／丸深まろやか　イラスト／Nagu

明石伊緒に届いた、日浦亜貴に関する不穏な連絡。原因は彼女の所属するテニス部で起きたいざこざだった。伊緒が日浦を気にかける中、ふたりの出会いのきっかけが明かされる。秘密と本音が響き合う、青春ストーリー。

アオハルデビル3

著／池田明季哉　イラスト／ゆーFOU

衣緒花の協力により三雨の悪魔を祓うことに成功した有葉だったが、事件を通じて自身の「空虚さ」を痛いほど痛感する。自分には悪魔に魅入られる「強い願い」が無い。悩む有葉にまた新たな〈悪魔憑き〉の存在が――？

サマナーズウォー／召喚士大戦2 導かれしもの

著／榊 一郎　イラスト／toi8
原案／Com2uS　企画／Toei Animation/Com2uS
執筆協力／木尾寿久（Elephante Ltd.）

故郷を蹂躙した実の父・オウマを倒すべく、旅立った少年召喚士ユウゴ。仲間となった少女召喚士・リゼルらとともに戦い続け、ついにオウマとの対決を迎えるが、強力な召喚獣たちに圧倒され絶体絶命の危機に陥る。

この青春にはウラがある!

新作

著／岸本和葉　イラスト／Bcoca

憧れの生徒会長・八重樫がノーパンなことに気付いた花城夏彦。華々しき鳳明高校生徒会の《ウラ》を知ってしまった彼は、煌びやかな青春の裏側で自分らしさを殺してきた少女たちの"思い出作り"に付き合うことに!?

第29回
電撃小説大賞受賞作
電撃文庫
四季大雅
［イラスト］一色
TAIGA SHIKI
Illust: ISSHIKI
僕が君と別れ、君は僕と出会い、
舞台は始まる。
ミリは
猫の瞳のなかに
住んでいる
MILI LIVES
IN THE
CAT'S EYES
STORY
猫の瞳を通じて出会った少女・ミリから告げられた未来は、
探偵になって『運命』を変えること。
演劇部で起こる連続殺人、死者からの手紙、
ミリの言葉の真相――そして嘘。
過去と未来と現在が猫の瞳を通じて交錯する！
豪華PVや
コラボ情報は
特設サイトでCheck!!

電撃文庫

命短し恋せよ男女
だん
じょ
余命1年でも
恋がしたい!!!
[著]
比嘉智康
Tomoyasu Higa
[イラスト]
間明田
Mamyoda